落第騎士英雄譚
零
海空陸
RIKU MISORA
繪者 WON

CONTENTS

ntroduction

「各位讀者，大家好！我是破軍學園新聞部，突擊採訪組的日下部加加美！」

「……我是有栖院凪，是加加美的朋友喔。」

「非常感謝各位平時對破軍學園壁報的支持！

今天的壁報是特別版，主要內容是發生在這所學園內，但是至今趕不上截稿日的幾個小插曲。我們會引導大家，同時介紹這些小插曲喔。」

「……加加美，人家有點在意呢。人家又不是新聞社的人，怎麼會拉人家一起來報導呢？」

「因為報導的人手老是不夠啊。」

「就算是這樣……」

「啊——好痛啊……艾莉絲之前從後面『噗滋』一聲刺了我一刀。我每次一想到這件事，背上就好痛啊～」

「好、好啦！人家明白了！我幫、我幫就是了！」

「喔齁齁齁，明白就好。

好了，我們再繼續搞笑會沒完沒了。趕快來介紹第一段小插曲吧。

首先是……七星劍武祭代表選拔戰第一場比賽。

當時的〈落第騎士（Worst One）〉只是一名無名的留級生。這段故事便是他打敗七星劍武祭代表的有力候選人之一——〈獵人〉不久後所發生的。」

「已經過了這麼久了呢。」

「真令人懷念啊。學長就是以那場比賽為起點，開始進軍全國。

也是從這個時候開始，〈落第騎士〉的強大開始一點一滴地傳遍整個學園。而故事本身倒是有點好笑呢。

那麼，就讓我們趕快來看看這段小插曲吧～♪」

第一話

公主殿下的異國文化體驗

HENTAI

© Won

所謂的「武」，本來就是粗魯無華的行為。

只需要握緊拳頭，展現給他人見識即可。

這是一種充滿壓倒性，且暴力的形式，原本就與「美」相去甚遠。

而這種粗俗的行為正是建立在「擊敗敵人」這樣的概念上，逐漸成形。

裡頭不含一絲優雅。

這也是當然的。「武」正是來自於那股活生生的野性（現實），是為了在這顆星球上互相競爭，為了存活至最後一刻所產生的行為。

但是，人類在數千年的歷史長流之中，逐漸將粗俗的「武」昇華為「美」。

這就是「武術」。

人們為了搏倒敵人、守護他人，長久以來鑽研理念，累積智慧，進而創造出來的結晶。

在這個世界上，只有人類擁有這份哲學。

人以理智克制野性，經歷重重淬煉後，其中確實蘊含著「美」。

而黑鐵一輝現在於破軍學園中庭展現的劍術，也是如此。

他現在正在進行即興武術表演。他以某套劍術的其中一式，擊敗眼前直奔而來的敵人。不過，**敵人總共有五人**。

「喔咧啊啊啊啊啊啊啊啊啊啊啊啊啊啊啊!!!」

「上啊啊啊啊啊啊啊啊啊啊啊啊啊啊!!!」

五人大聲吆喝，同時手握武器，襲向站在中庭的一輝。

他們的武器五花八門，有劍、長槍、斧頭等等。但是所有武器的刀刃上，都寄宿著火焰或雷電。

沒錯，他們手中的武器並非普通的刀劍。

而他們也並非常人。

他們名為伐刀者（Blazer），是一群以魔力驅使超常能力的現代魔法師。

刀刃上頭的火焰與雷電都擁有一擊必殺的能力。只要輕輕擦過人體，便能瞬間將人燒成黑炭。

只要輕輕掠過，戰鬥就結束了。

但是他們卻連一絲擦傷都無法命中。

黑鐵一輝只以手上的唯一一把刀，同時化解襲來的五人攻擊。

五人之中的槍術士這麼心想：「簡直像是幻術一般。」

手中的長槍原本全力刺向一輝，不知何時卻刺入了地面。

他甚至感受不到一輝卸力時的力道。

彷彿槍頭一開始就是瞄準地面，就這麼偏離了目標。

宛如太刀創造出來的惡夢。

對五人來說，這雖然是場惡夢，但是對周遭的觀眾來說，卻並非如此。

五人毫不間斷的攻擊，彷彿槍林彈雨般落在一輝身上，一輝卻能平穩且從容地一一化解攻擊。他的劍術彷彿一場優美的舞蹈，蘊含貨真價實的「美感」。就連純粹路過中庭的路人都不自覺地停下腳步，沉醉其中。

「唔、不、不行了——！完全打不中！」

「不行、不行，不玩了！呼啊、呼啊……這樣打得中才有鬼。」

最後是負責進攻的五名學生率先發出哀號，癱倒在中庭的草皮上。

「那麼，就到此為止。抱歉，還讓你們陪我。」

「呼、不，這沒什麼。我沒想到五個人一起上，竟然沒辦法擦破你的一塊皮。」

「哈啊、哈啊，是、是說，他居然汗都不流一滴，根本是怪物啊……」

事實上，單純只是這五個人有太多多餘的動作，一輝只靠幾步踏步，以及十公分左右的劍尖就能卸除大多數的攻擊力道，幾乎沒有花費體力和臂力。

所以一輝沒理由流汗。

武術表演結束後，十名左右的男女同學奔向一輝身旁。

他們都是一輝的同班同學。

「好厲害，太厲害了！我都不自覺停住呼吸了。」

「武術表演竟然可以這麼美、這麼厲害啊！」

「看起來真的像是在跳舞一樣呢。明明其他五個人都氣喘吁吁的說。」

「慘了！我光顧著看，忘記拍照了！這是破軍學園新聞社社長‧日下部加加美一生的大失誤！學長～再表演一次嘛！再一次！再給我一次按快門的機會！」

「我一開始就說過不想讓人拍照啊……看到自己的臉貼在校內的壁報上，果然還是會覺得害羞。」

「沒關係！我不會用在報導上的！只會私底下兜售而已！」

「呃，這跟我認知中的『沒關係』好像不太一樣……」

至於一輝為何會在這種地方進行武術表演？是因為今天的午休時間，他在中庭放鬆的時候，同班同學突然跑來，央求他「展現自己也能學會的劍術」。

這是相當難得的。

破軍學園是〈伐刀者〉們的學校。他們都是為了成為〈魔法騎士〉，才進到這所學校。

他們人人身懷超越自然現象的異能之力，本來不需要學習武術。就常理來思考，他們如果想要變強，與其花時間在武術修行上，不如研究如何拓展異能，提升異能的威力。

會接觸武術的人，除了像一輝這樣，異能資質低劣的爛學生……就是真正的**強者**們。

正因為社會上充斥著這樣的氛圍，身為〈伐刀者〉的同班同學們對武術產生興趣，也令一輝相當開心。因此他答應他們的請求，進行了武術表演。不過——

「好了，我按照大家的需求，展現我所知的劍術之中，最單純、最正統的劍招。不知道對大家有沒有幫助呢？」

「「完全沒有，只覺得看起來好像很帥。」」

（我想也是。）

所謂的「武術（Blade Steel）」，並沒有簡單到看一眼就會。

而一輝的模仿劍術能將之化為可能，是因為他累積了嘔心瀝血的訓練。

他並不是一開始就辦得到。

所以一輝完全能預料到這種結果。

「我們果然不可能像黑鐵同學一樣，看一看就學會呢。」

「而且一輝同學還不是讓對方展現給自己看，而是在實戰中一邊互砍一邊觀察，甚至還能偷學對方尚未展現的奧義。常人根本辦不到嘛。」

「話又說回來，學長還記得至今見過的所有劍術嗎？」

「當然記得，那些劍術可是我的保命符啊。」

「哦——你記得的全部大概有幾種啊？」

「加上之前從史黛菈那邊偷學到的皇家劍術（Imperial Arts），總計一百二十六套。」

「一、一百!?」

「學長竟然能記得這麼多種劍術，實在很驚人啊。不過更驚人的是，現在居然還留存這麼多種劍術。」

「其中有的流派已經沒有像樣的道場，有的甚至只存在於資料之中。我中學的時候，滿腦子只想著變強，所以一有時間就奔走於各地，到處尋找延續至今的劍術道場並踢館，或是巡迴各個圖書館或資料館，研究已經絕跡的各種劍術。」

圍繞在一輝身邊的同學們聽見他這番話，嘆了口氣。

「……如果這就是一輝同學的能力，我倒還能理解呢。」

「這竟然只是一種特技，太犯規了。」

「武術鑽研到高深的境界之後，大概就和異能差不多嘛。」

「果然，憑我們是不可能變得和黑鐵同學一樣啊。」

這些同學直到嘗試模仿一輝的做法，才真正體會到其中的難處。因此他們忍不住消沉了起來。

一輝的劍術早已超越常識的範疇了，也難怪他們會氣餒。

但一輝的強大，是為了彌補低劣的異能資質，累積過於嚴苛的訓練換來的。

他們和一輝不同，他們擁有異能的才華，不需要站在與一輝同樣的立場。

於是一輝鼓勵同學們：

「你們不需要這麼重於劍術。大家和我不一樣，你們有一份像樣的能力，不需要像我這麼極端。我認為你們只要比別人更加善用自己的靈裝（Device），就能大大拓展自己的戰力，所以學習一點武術有益無害。如果你們有心想學，我會給你們一點建議的。」

「……嗯，的確。這些招數如果和能力搭配使用，確實能做出不少變化。」

「我要我要！黑鐵同學願意教的話，我會努力學習的——♪」

「那麼，首先從鍛鍊下盤和深層肌肉(Inner muscle)開始。凡事都得先從基礎開始，我先教你們如何鍛鍊這些部位好了。一開始——」

學弟妹們虛心求教的模樣，不論男女，看起來都相當可愛。

因此一輝也不自覺熱心起來。等到教學結束，已經過了三十分鐘左右。

「呼……做平常不習慣做的事，意外地累人啊……」

一輝坐在中庭的長椅上喘口氣，一名女學生從旁邊靠了過來。

「一輝也太認真了吧。除了自己的修行以外，還去教那些學弟妹。」

少女一頭絢麗的紅蓮秀髮，雙手扠在背後，似乎藏著什麼東西。這名少女正是——

「史黛菈……」

史黛菈・法米利昂。

這名女孩從遙遠的異國前來留學，成了一輝的同班同學。而不久前，她成為一輝無可取代的戀人。

同班同學們剛聽完一輝的教學，馬上開始在中庭練習。史黛菈望著中庭的同學們：

「他們光是單腳站就搖搖晃晃的，看起來就像一堆做歪的稻草人一樣，感覺是還挺有趣的啦。可是這麼做有意義嗎？啊，摔倒了……真笨拙啊，才過不到三十秒耶。」

「哈哈哈，他們才剛開始，也沒辦法。那些行為與其說是『訓練』，應該用『練習』來形容還比較恰當。」

「咦？所以你其實並不打算訓練大家囉？」

「沒這回事。只是現階段不能讓他們有太大的負擔，所以得先讓他們明白如何使用深層肌肉，以及軀幹的重要性。只要開始戰鬥……**以單腳支撐全身的時間，會遠遠多過雙腳平均使力**。因為人在移動的時候，本來就是接連不斷地在單腳之間移動全身的重心。所以對置身於戰場的我們來說，能以單腳自由自在取得身體的平衡，是相當有利的。我不用多做解釋，史黛菈應該也很清楚吧。」

「是沒錯啦。」

中國拳法將之稱為「雙重之病」，引以為戒。

用「病」來稱呼這種姿勢，聽起來或許有些小題大作。但事實上，將重心平均分散於雙腳之間站立，考量到其中蘊含的危險，確實稱得上是一種疾病。

如果維持這種姿勢，萬一發生了突發狀況，就沒辦法馬上進入「移動狀態」之中。

說得簡單點，就是渾身破綻。

而戰鬥中的「破綻」可能會直接導向「死亡」，因此在武術上相當忌諱這種姿勢。

不論學習哪種武術、劍術，這都是共通的認知。

不管是劍術還是武術，都不存在將重心平均分散於雙腳的姿勢。

說得直接點，這是十八般武藝皆共通，基礎中的基礎。

所以一輝一開頭就教會同學們這點。

「所以你是認真打算幫大家變強啊。」

「那也要看大家的幹勁。不過我會在能力範圍內，盡力幫助他們。」

「哼嗯——這樣好嗎？如果其中有人在劍術方面的才華比一輝還高，你可是會親手教出不得了的勁敵呢。那群人當中也有人參加七星劍武祭代表選拔賽吧？雖然不是所有人都是選手。」

七星劍武祭。

日本國內所有的學生騎士將會聚集在這塊決戰之地，爭奪唯一一座七星劍王的寶座。一輝和史黛菈的目標，就是在這場比賽當中拔得頭籌。

頂點只有一個，自己以外的人都會成為敵人。

史黛菈強調了這點，一輝卻是愉快地微笑道：

「我求之不得呢。如果真是這樣，不但值得我教，更值得我去挑戰。而且……不論是我們還是他們，未來都有可能賭上性命作戰。」

未來……不，事情或許不像字面上這麼遙遠。

學生騎士終究還是騎士，身上背著一份責任。

萬一有伐刀者在城裡引發恐怖行動，學生騎士就有義務保護在場的市民。

實際上，以前一輝等人就曾經遭遇過這樣的場面。當時的他們面對解放軍（Rebellion）的恐怖分子們，那可不是區區的模擬戰，而是真槍實彈的實戰。

當時是因為一輝等人夠強大，才能獲勝。說來感傷……不時仍有學生騎士因為這份義務而賠上性命。

「這樣不是很令人難過嗎？如果我的一些小建議，能在大家碰上難關的時候帶來些許幫助，我也會衷心地感到開心。」

一輝直率地回答，代表這毫無疑問是他的真心之語。

史黛菈聞言，微微彎起粉桃色的柔唇。

「很像是你的作風。」

「像我的作風？」

「意思是你太爛好人啦。」

一輝身邊的大人們只因為他沒有異能的才華，不但放棄了他，殘忍地對待他，還以不合理的理由設計他留級。但是一輝的心靈卻沒有絲毫的扭曲。

史黛菈為此感到開心，也很自豪。

這樣的一輝，才是自己喜歡的騎士。

而史黛菈也因此想更加親近一輝。

「然後啊……一輝，你剛剛說了很多話，也活動過身體了嘛。」

「是啊，現在喉嚨好渴呢。」

史黛菈聽見一輝的回答，表情突然明亮了起來。

「那、那麼──」

史黛菈正打算拿出自己藏在身後的東西，同一時間──

「哥哥～～～～♪」

一名少女打斷了史黛菈撒嬌般的甜蜜話語，突然靠近一輝身旁。

「嗚哇！」

一輝驚叫了一聲，望向身旁突然抱住自己的少女。

這名少女有著白銀髮絲，潔白的肌膚，全身色彩白淨且夢幻。她正是──

「是珠雫啊。嚇我一跳……」

比黑鐵一輝小一歲的親妹妹，黑鐵珠雫。

珠雫緊緊纏住一輝的右手，宛如撒嬌的貓兒一般，將臉蹭了上去。

「嘻嘻，您不需要驚訝啊？只有我才能和哥哥這麼親密地身體接觸嘛～」

「不，最近的女孩子可是很大膽的…………」

例如同班同學的日下部加加美，她就曾在初次見面時突然抱住一輝。

那軟呼呼的鮮明觸感，一輝直到現在還記憶猶新。

「哦……有這樣的人啊。如果方便的話，能告訴我名字嗎？」

珠雫不知從哪裡拿出一本黑色筆記本，翻了開來。

而且不知道是不是錯覺，珠雫掛著僵住的笑容，眼瞳看起來像是失去了光彩。感覺相當可怕。

一輝的本能正在警告自己，絕對不能不小心說出加加美的名字。

所以一輝硬是轉了話題。

「是、是說，珠雫，我現在應該滿身汗味，妳可以先放開我嗎？」

「哎呀，哥哥不懂嗎？我就是因為這樣才貼在您身上呢。」

「我不懂啦。」

珠雫瞇起了眼，露出豔麗的微笑，同時更加貼緊一輝。而一輝則是滿頭霧水。

一輝因為種種原因，相隔四年才與這位親妹妹重逢。而他現在完全搞不清楚珠雫在想什麼。

「好吧，親密接觸就這樣，見好就收。來，哥哥請用。」

珠雫將冰涼的罐裝運動飲料遞給一輝。

「我聽說哥哥在為同學們做劍術指導，所以就帶飲料來慰勞您了。」

「啊，謝了，珠雫。我正好口渴到不行呢。」

「我想也是，您一定很渴了。哥哥能有我這樣細心的好妹妹，是您的福氣呢。」

「哈哈，謝謝妳。」

一輝道了謝，拉開飲料的拉環，讓珠雫的善意滋潤乾渴的喉嚨。

「好喝嗎？」

「嗯，活過來了。」

「喝起來有珠雫的味道嗎？」

「那什麼意思啊!?」

一輝口中的飲料差點從鼻子噴出來。

「呵呵，這當然是開玩笑的。人家才沒有親過罐口，真的沒有喔。」

「妳的玩笑還真具體啊……」

「沒辦法，因為哥哥實在太好捉弄了，我不自覺就會想玩弄您一下。您說是嗎？」

「妳就算這樣徵求我的同意，我也很難回答妳。」

「先不說這個，我從剛才就有點在意……」

珠雫這麼說完——她原本在一輝面前展現出親切的表情，此時卻驟然一變，換上與方才截然不同，充滿惡意的嘲弄神情——

「史黛菈同學怎麼像座地藏似地站在那裡呢？而且妳手上為什麼拿著兩瓶果汁？」

她這麼對史黛菈說道。史黛菈則是因為珠雫突然闖入，錯失良機，只好呆站在原地。

史黛菈聽見珠雫這麼一問，雙手拿著罐裝果汁，羞紅了臉，眼神尷尬地游移不定。

「耶？這、這是、那個……」

「哎呀，妳該不會是想要拿來慰勞哥哥吧？」

「咦？史黛菈，是這樣嗎？」

「才、才不是、不是啦！我、我幹麼要特地帶果汁來慰勞一輝啦！」

帶東西慰勞戀人是很普通的行為。不過史黛菈說不出口。

因為史黛菈的身分是法米利昂皇國第二皇女，算是公眾人物。

皇女要是在留學場所有了戀人，可是緋聞一樁，媒體絕對不會放過這條大新聞。因此一輝和史黛菈互相約定，要對外保密兩人交往的事實。

所以她不能說，再怎麼想說都說不出口。

「那妳為什麼會拿著兩罐罐裝果汁呢？」

「這、這是……對啦！兩罐都是我要喝的啦！」

「原來如此，是這麼回事啊。我真是的，竟然大大誤解了兩位。史黛菈同學和哥哥**又不是男女朋友**，妳只是因為輸給哥哥，無可奈何之下才和哥哥待在一起，不可能會這麼體貼哥哥嘛。」

「當然啦！啊——我好渴，快渴死了！兩罐果汁搞不好還不夠呢！」

史黛菈自暴自棄地拉開兩罐果汁的拉環。

事到如今，她也不可能老實招認，其中一罐果汁是為了一輝買來的。
史黛菈眼角泛淚，一口氣灌下果汁。
「……膽小鬼。」
珠雫眼簾半垂，望著史黛菈猛灌果汁的樣子，輕聲嘀咕。
「珠雫？」
「沒什麼。話說回來——哥哥，如果您有空的話，能不能教珠雫劍術呢？」
珠雫似乎在轉移話題，這麼拜託一輝，不過一輝卻疑惑地歪了歪頭。
「嗯？可是老家應該有正規的劍術師傅吧？我的專長是日本刀，如果是小太刀術，妳應該回去請教老家的師傅比較好。」
兩人的老家——黑鐵家，是魔法騎士的名門望族……就如同前述，那些世界聞名的真正**強者**中，數人是出自於這支家系。
這些強者與一般只會仰賴異能的半吊子不同，他們深知武術的重要性。
因此只要是黑鐵家的孩子們，家族都會按照他們持有的固有靈裝(Device)，嚴格傳授相應的武術。
珠雫應該也一樣，曾經修練黑鐵流小太刀術。
為什麼她現在還要向自己請教劍術？
珠雫臉上露出明顯的厭惡，這麼答道：
「哥哥離家之後，我馬上就放棄劍術了……是那些傢伙害得哥哥在家裡待不下去，我絕對不會向那些傢伙討教。」

（啊，原來如此……）

一輝這才理解原因。

『黑鐵家要是教出了廢物，家族的名聲會一落千丈。』

黑鐵家因為這種理由幽禁一輝，甚至完全不讓他接受前述的劍術修行。於是就在四年前，一輝離家出走。

一輝並不後悔離家，不過珠雫卻因為自己的行動，與黑鐵家決裂。這讓一輝相當過意不去。

既然如此，一輝身為兄長，應該負起責任指導珠雫武術。

「我明白了。我還記得整套黑鐵的小太刀術，如果妳不介意，就讓我來教妳吧。」

「非常謝謝您。」

珠雫露出燦爛的笑容，開心地道謝。

一輝見到她的笑容，不自覺地勾起嘴角。

身為哥哥，見到可愛的妹妹願意仰賴自己，一定都會心生喜悅。

「一輝！如果要教珠雫，那也教教我吧！」

史黛菈喝完果汁，突然也跑來湊熱鬧。

如果一輝要教珠雫劍術，她也要一輝教自己。

「咦？唔嗯……」

不過——一輝卻是面有難色。
「什、什麼嘛。你該不會是……不想教我吧？」
「與其說我不想……我原本就沒什麼東西可以教史黛菈。」
「才、才沒這回事，一輝打敗過我啊。」
「可是……」
一輝看來怎麼也提不起勁教史黛菈劍術。
史黛菈見狀，頓時柳眉倒豎：
「…………什麼嘛。你從剛剛開始就只顧著珠雫……！」
「咦？不、我並不是……」
「算了，隨便啦！一輝不教我就算了！我也不是真的想要你教，只是說說而已！你給我等著瞧！下次碰頭的時候，我絕對要把一輝打得落花流水！你就繼續搞妹控，偷懶不修練好了，我才不會輸給這種變態咧！混蛋——！咧——！」
史黛菈眼中噙淚，孩子氣地吐出這些台詞，怒氣沖沖地跑走了。
（唉……她完全鬧起彆扭了。）
不過一輝也開始反省自己，剛才的確是自己的錯。
一輝會面有難色，是有正當理由的。不過他擺出那麼含糊不清的態度，也難怪史黛菈會覺得自己受到排擠。
（等一下要好好向她道歉……）

「哥哥。」

「嗯？」

「哥哥真的那麼不想指導史黛菈同學劍術嗎？」

「不想。」

一輝沒了顧慮，便果斷地說出口。

「因為我擔不起這個責任。」

「責任？」

「舉例來說，單憑我的程度，我能明顯看出同學們和珠雫在劍術上的不足之處，也知道該怎麼指導你們，但是史黛菈和你們不一樣。我沒經歷過正統的武術修練，她的程度早就超越我能干涉的範疇了。更何況——我和她在劍術的基礎上完全相反。」

「基礎？」

「我的劍術基本上是以技巧為主，以技術斬斷一切。史黛菈卻並非如此，她的劍術是**以力量鎮壓一切**，單憑力量就能壓制敵人耍的小手段，是絕對的強者之劍。史黛菈早已朝著這個方向打下了基礎，所以她的劍術之中，根本不需要像我這樣半吊子的技術和小聰明。要是我隨便插嘴，反而會給史黛菈帶來不好的影響。我擔不起這個責任，所以才不想教她。再說……假如她因為我的干涉變強，我反倒覺得很無趣啊。」

這就代表一輝能夠掌握史黛菈的成長幅度。

這樣一來，實在太無趣了。

史黛菈是真正的天才。她體內蘊藏的龐大可能性，一輝這樣的凡人是不可能預測的。

所以一輝希望她的強大，能永遠超乎自己的想像。

「因為對我來說，史黛菈是我唯一的勁敵。」

史黛菈是一輝最愛的戀人，也是最棒的勁敵。所以他希望她能一直保持下去。

珠雫聽完一輝的理由，隱隱面露不悅。

「……什麼嘛。我們才是真正被晾在一旁的人啊。」

「嗯？珠雫，妳剛剛說什麼？」

「沒事。我只是覺得太便宜那隻母豬了。」

「？？？」

◆

（什麼嘛、什麼嘛、什麼嘛！那個大妹控，光會偏心珠雫！他明明說過……他喜歡我！他明明就說過！可是卻完全不理我！我可是你的女朋友耶，要好好照顧我才對啊！混蛋一輝！）

史黛菈將激動的情緒化為赤紅的燐光，四處噴散，緊繃著雙肩走在宿舍的走廊上。

途中，一名清秀到令人為之一震的高䠷男子語氣開朗地叫住史黛菈。

「哎呀，史黛菈，哈囉。」

除了叫住史黛菈的那名男子……不，是人妖——有栖院凪，以及日下部加加美。她不知何時離開了中庭。

「史黛菈，妳身上一直亂噴火星呢。怎麼啦？」

「沒事……是說真稀奇，艾莉絲竟然會來這間宿舍，有什麼事嗎？」

「人家來還之前跟加加美借的遊戲。」

「鏘鏘——！這是現在最催淚的少女遊戲——『私立王子學園』！我上星期在秋葉原熬夜排隊才買到的！」

加加美開心地舉起遊戲，遊戲盒上畫著**數名睫毛長得可怕的男人**。

少女遊戲，簡單說就是女性專用的戀愛模擬遊戲。

史黛菈知道有這樣的東西，將它當作知識的一種記在腦海裡。

不過這份知識卻帶有些許偏見。

因此史黛菈見到那盒遊戲，微微皺起眉。

「那種遊戲是寂寞難耐的女人在玩的吧。艾莉絲和加加美會玩這麼宅的遊戲啊？」

「哎呀，身為皇女，怎麼能只憑偏見看事情呢？加加美，妳說是嗎？」

「就是說啊。史黛菈，日本的視覺小說可是遠遠領先世界一整個世紀，是世界上獨一無二最棒的文化。說得直接點，來日本不玩美少女遊戲或是少女遊戲，就如同去法國不吃起司啊！我還聽說，日本的少女遊戲似乎在南美的毒品戰爭裡插上一腳呢！總之，這種文化就是這麼厲害啊！」

「有、有這麼厲害……？那我還真是孤陋寡聞了。」

（她真單純啊。）

（真是單純呢。）

真是誤交損友。

「所以，史黛菈要玩一次看看嗎？」

「不用了，我沒什麼興趣……而且我也沒玩過。」

「所以我才要妳玩看看嘛。而且遊戲裡面有個男孩子，我一定要推薦給史黛菈。對吧，艾莉絲。」

「是啊。妳看，遊戲封面上這個黑髮的男孩子♪不覺～得長得很像誰嗎？」

加加美同時將遊戲盒推到史黛菈眼前。

遊戲的封面圖上畫著髮色五花八門的龐克男孩。史黛菈仔細一看，其中一名角色，確實長得很像自己認識的某個人。

「一輝……」

「很像對吧。這個角色叫做一正，聲音也和學長很像，所以私底下在〈落第騎士〉的粉絲間廣受好評喔！」

「畢竟在現實裡對一輝出手，可是會被珠雫追殺，所以人家也借來玩了呢。特別是戴著耳機玩，感覺就像是一輝在人家耳邊溫柔地情話綿綿……聽得人家渾身酥麻啊。」

「一輝、在耳邊…………」

──情話綿綿。

史黛菈想像這個場景，喉頭發出「咕嚕」一聲，吞了吞口水。

史黛菈是一輝的女朋友，只要請本人親自來一段就好了，不過事情可沒這麼簡單。

畢竟這對情侶，男女都是第一次和異性交往。

現在的兩人不管做什麼，羞恥心都會先湧上來。事實上，自從兩人開始交往後，連手都沒牽過。

尤其是他們兩個人單獨待在一起的時候，狀況特別嚴重，他們甚至沒辦法好好對話。

所以對史黛菈來說，這種場景實在相當吸引她──

「……如何？史黛菈對他有興趣的話，要不要玩看看？」

「欸!?我、我又不是因為角色很像一輝才、才有興趣……」

史黛菈嘴巴上這麼說，眼神卻一直偷瞄加加美手上的遊戲，似乎相當在意。加加美注意到她的視線，邪邪一笑：

「這樣啊。也是，太勉強妳玩也不好呢——」

她這麼說完，將遊戲收了回來——不，是正打算收回來。

史黛菈的手不知何時用力抓住「私立王子學園」，阻止加加美的行動。

「我自己、那個、的確是完全沒興趣啦，不過妳想想看嘛。我剛才只因為道聽塗說，就說了這種作品的壞話。我做為一個世界公民，妳們應該會覺得我剛才的發言相當沒見識，對吧？所以我想說機會難得，稍微學習一下日本的文化…………也不錯啦。」

（她真的很單純耶！）

（既單純又天真呢，不過這才像史黛菈嘛。）

「那就、來，這個拿去，還有遊戲機。史黛菈和黑鐵學長都沒有遊戲機對吧？看妳想什麼時候還我都可以。」

「謝、謝謝妳……」

「人家就幫妳帶到進入一正路線為止好了。反正史黛菈應該對別的角色沒興趣嘛。」

「嗯，完全沒興趣……啊，我、我只是覺得麻煩而已喔!?我才不是因為那個角色很像一輝才想玩喔!?」

「嗯嗯，我知道、我知道♪」

「人家和加加美都很了解史黛菈的。妳就是一個貝吉塔系（傲嬌）女孩，這個樣子才有妳的表演風格嘛♪」

「不、不要用表演風格來形容啦——！」

於是，法米利昂皇國的公主殿下就這樣被損友們教唆，玩了人生第一款少女遊戲。

◆

「私立王子學園」是一款標準的視覺小說遊戲。這所學校原本是有錢的公子哥兒們就讀的男校，最近剛改制為男女合校。而女主角進入這所學校，和一群外型俊美、聰明伶俐的名門美男子們一起享受青春年華。遊戲內容是典型的逆後宮題材，本身的冒險要素很少，基本上除了選擇選項，只需要閱讀文字。

史黛菈只玩過ＦＰＳ或是競技類遊戲，所以這種遊戲的前導劇情只讓她大感無聊。

「加加美……這遊戲還要多久才正式開始啊？」

「早就開始了啊？」

「咦？可是都沒有敵人出沒耶？」

「這、這不是那種遊戲啦……啊，不過好像也有遊戲會在約會的時候，突然冒出一條大得能吞掉整個人的眼鏡蛇，然後主角就要和眼鏡蛇戰鬥。總之，一正再過一下就要登場了。」

就如同有栖院所說的，畫面中正要去上學的主角‧史黛菈，以及封面上那名長得很像一輝的少年‧鷲峰一正，兩人就在路上的轉角相遇，而且才剛相遇就起了爭執。他以和一輝相似的聲音這麼說道：

『醜女，走路給我好好看前面。我可是鷲峰財團的下任總帥，妳要是害得尊貴的我擦破了皮，看妳怎麼賠。』

乖乖道歉。

反駁他：「明明是你走路不看路吧。」

↓二話不說，毫不留情地給他一記背橋摔。

史黛菈反射性選了第三個選項。

畫面上立刻顯示出一張CG，女主角豪邁地將一個大男人背橋摔。

這招看起來真是優美。

「哼哼♪不愧是我的分身，真是富含藝術性的背橋摔啊！」

「唔哇——妳竟然直接選了背橋，其實妳根本不打算攻略他嘛!?」

「因為我實在太火大了嘛。而這傢伙是怎樣啊！臉和聲音確實和一輝很像，但是性格根本完全不一樣啊！這是詐欺啦！製作人根本不了解一輝！」

「不，這個角色本來就不是以一輝為模特兒創作的，只是長得很像而已……不過算了，這裡選背橋摔是正確答案呢。」

「咦？」

史黛菈聽有栖院這麼一說，疑惑地歪了歪頭。此時畫面中的一正撐起身軀，站了起來——

『我一直都在找像妳這樣的人，能用背橋摔導正性格扭曲的我……請和我交往吧！』

並且熱情如火地向主角告白。

「有、有變態啊——!?」

「人家一開始完全上當了呢。它故意讓人以為這是搞笑用的選項，其實這才是一正路線的入口啊。」

「這傢伙到底是背負了多複雜的設定啊！竟然要靠背橋摔攻陷他！」

「似乎是因為以前他犯錯的時候，去世的母親總是用背橋摔教訓他。」

「這只是純粹在虐待兒童吧!?」

「不過史黛菈好厲害，竟然能一次就進入角色路線。根本不用人家來幫妳導航嘛。」

「……難不成，這樣就能進入這個男人的故事嗎？」

「是啊。之後就沒有岔路，也沒有很難的地方了。」

有栖院說完，站起身，走向房間門口。

「那人家先回去囉。這種遊戲果然還是要自己一個人玩才有趣呢。」

有栖院和史黛菈道別，走出了房間。

史黛菈望著有栖院的背影，嘆了口氣。

說真的，應該直接讓有栖院把遊戲帶回去才是。

不管他的長相、聲音多像一輝，個性差這麼多，史黛菈也對他沒什麼興趣了。

話又說回來，不管這個變態到底像不像一輝，史黛菈本來就不需要這種變態。

（趕快拿去還給加加美好了。）

史黛菈這麼心想，手指伸向ＰＳ（Playing station）的開關——

『我的眼中只有妳啊!!』

「!?」

喇叭傳出了和一輝相仿的聲音，刺進史黛菈的耳膜。

史黛菈猛然抬起頭，便見到眼前的一正露出了寂寞的神情，彷彿一隻遭到遺棄的小狗。

而他的這副模樣真的太像一輝——

「…………………」

史黛菈默默地將耳機插頭插進電視機。

隨著遊戲進行，一正表現出那種態度的理由，也漸漸明朗了起來。

鷲峰財團總帥的兒子和平民女孩私奔後，生下一正。而祖父因為後繼無人，便在父親病死之後，硬生生從母親身邊帶走一正。不久後，母親也因病逝世。他無法見到母親死前最後一面，因此對鷲峰財團心生恨意，刻意擺出妄自尊大的態度，打算汙衊鷲峰的名聲。

「嗚……你也很辛苦呢……」

史黛菈一開始很討厭一正的態度，但當她得知其中的理由後，她就沒辦法繼續責怪一正。她甚至覺得一正的遭遇近似於一輝，更加投入遊戲之中。

史黛菈雖然覺得前導劇情枯燥乏味，不過當她繼續玩下去時才發現，正是如此稀鬆平常的日子裡，才存在真正耀眼的事物。

兩人一起走在上學的路途中。

假日一起去遊樂園。

修學旅行時，兩人偷偷跑去夜晚的海邊。

遊戲裡不會出現殭屍或蘇聯士兵，但這些時間一點也不無聊，每一分每一秒都令人怦然心動。

沒錯。充滿戀愛的人生，就是至高無上的喜悅。

那麼，與戀人共處的每一刻，必定都是欣喜、愉快的。

而且**這個一輝**不論何時何地，都注視著史黛菈。

不管他的身旁站著什麼人，他絕對不會回頭看。

他的視線總是從畫面的另一側，不偏不倚地望著自己（※這是視覺小說的遊戲設定。）

他總是會在史黛菈耳邊，輕聲呢喃一句句甜蜜情話。

他絕對不會口口聲聲都是妹妹、妹妹的。

（他只會看著我一個人……）

多麼美妙啊。

於是，三年的時光轉眼逝去，來到了畢業典禮當天。

兩人待在空無一人的教室中，一**輝**露出從未見過的認真神情，向史黛菈求婚。

『史黛菈，我喜歡妳。我希望妳畢業之後也繼續待在我身邊，用十字鎖喉技緊緊扣住我的心。』

「啊………唔……」

和一輝相似的聲音低聲向史黛菈求愛，令她頓時雙頰發燙。

不，她很清楚。

史黛菈當然知道，這只不過是遊戲，眼前的人只是和一輝相似的遊戲角色。

不過、可是……既然如此——

© Won

至少讓她在遊戲中稍微坦率一點，也可以吧？

兩人最近連手都沒握過。說實話，史黛菈對於這種膠著狀態，多少有些不滿。

當然了，兩人好不容易成了情侶。

不只是牽手，她還想再多觸碰一輝，也希望一輝再多觸碰自己。

……可是自己卻說不出口。

萬一一輝覺得史黛菈是個色女，因此討厭自己的話，她可能會直接崩潰。

所以她現在在等，等待一輝主動要求進一步接觸。

可是，就算一輝主動要求，自己能夠坦率回應一輝嗎？答案是ＮＯ。史黛菈很清楚，自己的個性既彆扭又愛面子。

到時候她一定會隨便找理由搪塞，逃之夭夭。

沒錯，像是說自己身為公主怎樣怎樣之類的。

（……我一定會這麼說呢。）

自己真是個麻煩的女人。

真的一點都不可愛。一輝竟然願意喜歡自己這樣的女人。

（可是，如果用這個遊戲練習……）

或許自己就能老實回應一輝。

或許自己能變得比現在還要坦率、可愛。

或許能讓一輝比現在更喜歡自己。

史黛菈猶豫了數秒，下定決心，按下按鈕，同時自己也高聲回應：

「人家也好喜歡一輝！請和我結婚，一直待在我身邊吧!!」

碰咚!!

「——!?」

耳機外頭突然傳來巨響。

史黛菈瞪大雙眼，回頭一看，便見到一輝癱坐在房門口。

「——————」

「抱、抱歉！那個，我不是故意要偷看。只是房間裡明明有聲音，但我敲了幾次門都沒回應，所以就……呃，那、那是女生版的戀愛模擬遊戲對吧？啊、啊哈哈，嚇死我了。因為妳突然嚷嚷什麼『結婚吧！』，害我一時腳軟了。原來只是遊戲的台詞啊。真巧，沒想到竟然有和我一樣名字的角色。」

「——————」

「不過史黛菈竟然會喊出台詞，看來妳還滿容易投入遊戲的。總覺得看到妳意外的一面了呢。啊、別太在意我，我馬上就出去。抱歉，打擾了，妳慢慢享受啊。」

「——————討……」

下一秒——

「討厭啊啊啊啊啊啊啊啊啊啊啊啊啊啊啊啊啊啊啊啊啊!!!」

史黛菈的慘叫聲響徹傍晚的校舍。

戴著耳機玩美少女遊戲、少女遊戲,或是色情遊戲時,一定要記得不時注意出入口。絕對、絕對要記得啊。

「看史黛菈這麼享受，我也很開心呢。」

「不要露出那麼下流的表情。」

「史黛菈下次應該會更謹慎吧。

啊，順帶一提，『王子學園』因為大受歡迎，公司決定開發續集。

史黛菈的緋聞平息之後沒多久，一正在人氣投票中的得票數以難以置信的速度直線攀升，獲得第一名，所以正式確定會在續集登場呢。」

「會被人質疑是組織灌票呢。」

「官方網站的首頁插畫，也換成一正裸露上半身，戴著蝴蝶結的模樣呢。」

「褲子都脫了呢。」

「不過其他角色的粉絲因此抓狂，竟然駭進官網，把首頁惡搞成密集多孔圖，請各位逛網站的時候小心點喔。」

「只好拿脫掉的褲子擦眼淚了。」

「好了，我們趕快進入下一篇吧。後面還有很多內容在等著我們呢。」

「下一段插曲是……哎呀，真令人懷念。這段插曲的時間大概比剛才還早一些，是一輝贏過〈獵人〉當晚的故事呢。」

「Yes！That's Right！」

當時學長陷入昏睡，史黛菈陪在學長身旁，於是艾莉絲和珠雫兩個人去了酒吧，開了小小的慶功宴。」

「珠雫那是第一次喝酒，人家身為主辦，稍微有點緊張呢。」

「不過兩個學生竟然自己跑去酒吧。如果做成動畫，這段一定會剪掉呢。」

「不要提現實世界的事啦……而且我們早就已經成年了，又沒關係。」

第二話

珠雫與第一杯酒

© Won

〈落第騎士〉對〈獵人〉之戰結束當晚。

有栖院凪陪著黑鐵珠雫，一起來到離學校數站之遠的鬧區。

他們是為了慶祝七星劍武祭代表選拔戰取得初次勝利，打算辦個小小的慶功宴。

一輝因為今天在比賽中過度疲勞，陷入昏睡。

珠雫原本也和史黛菈一樣，想待在一輝身旁照顧他，但她最後沒有去，而是讓一輝和史黛菈兩人單獨相處。

珠雫頓時閒得發慌，有栖院便開口約了珠雫。

他問珠雫：要不要兩個人一起去喝一杯？

「有點緊張呢……」

珠雫身穿歌德蘿莉風格的洋裝，站在目的地的住商大樓前，語氣有些僵硬。

「想去有好酒的地方。」

雖然是珠雫自己這麼要求的，但她其實從未喝過酒，當然也是第一次踏進「喝酒的店」，多少有點緊張。

「我們又不是要去牛郎俱樂部，不用這麼緊張啦。」

「就算是艾莉絲，我也不准妳帶我去那種地方。」

「哎呀，妳這麼討厭那種地方嗎？」

「我沒辦法忍受哥哥以外的男人跟我套交情。」

「人家早就設想到這點了，妳大可放心。今天要去的店只是普通的一口乾酒吧

（註1）。」

有栖院這麼說道，同時領著珠雫踏進住商大樓裡。

兩人登上狹窄的階梯，前往頂樓。

有栖院常和自己的年輕女粉絲們來這間店。頂樓就是店門口。

有栖院轉動黃銅門把，打開大門，示意珠雫進入店內。

酒吧內燈光略顯昏暗，店裡排滿了色調溫和的日常用具，曲調柔和、輕緩的爵士樂悠揚在店裡每個角落。說得難聽點，店內的感覺其實有點老氣，但考量到珠雫討厭熱鬧的性格，這是最合適的選擇。

店內的地板鋪著深藍色絨毯。有栖院和珠雫一進到店內，服務生馬上靠了過來。

「有栖院先生，歡迎光臨。」

「晚安，人家想要窗邊的吧檯座位，還有空位嗎？」

「是，還有的。啊，不過這邊這位客人應該是第一次來本店吧。不好意思，請問您有攜帶任何能夠證明年齡的身分證件嗎？」

「呃，學生證可以嗎？」

「可以的。」

珠雫應服務生要求，打算從包包裡拿出破軍的電子學生手冊。但或許是第一次

註1　一口乾酒吧：原文為shot bar，在日本是指以品酒為主，以杯計價的小型酒吧。

來這樣的店，她的動作隱隱有些僵硬。

「啊、哇哇……」

珠雫途中還差點讓學生手冊掉到地上。最後她終於開啟身分證明的畫面，遞給服務生。

「您是有栖院的同學啊。好的，沒問題了。那麼，兩位請自行挑選喜歡的窗邊座位。」

一般來說，像珠雫和有栖院的年齡應該是禁止飲酒的。不過伐刀者就另當別論。伐刀者有專屬的「成年」制度。他們只要滿十五歲，就被視為成年人，可以行使與成年人同等的行為。不只是飲酒，更能結婚或是參與選舉。

學生騎士們身上有著「義務」，視狀況必須為了非伐刀者搏命奮戰，因此才擁有相對的「權利」。

服務生確認珠雫已經成年後，往後退了半步，以便兩人通過。

有栖院走過服務生身旁，坐上吧檯的座位。

珠雫則是不安地四處張望店內，一邊怯生生地跟在後頭。

初次到訪的異空間。

珠雫果然還是很緊張。

不過當珠雫坐上吧檯的座位——

「哇啊……」

她頓時忘了緊張，翠綠雙眸閃爍著光芒，低聲讚嘆眼前的景象。

吧檯內排列著眾多酒瓶，瞬間奪走了珠雫的目光。

店長默默搖晃雪克壺。而就在店長的身後——

各式各樣的異國酒瓶，色澤五花八門，彷彿彩繪玻璃一般，閃閃發光。

「酒瓶後面裝著間接照明，看起來很美吧。」

這裡的店長雖然沉默寡言，卻相當有品味。

略嫌陰暗的燈光，應該是為了展現這片七彩光輝。

「看起來好像寶石呢。」

珠雫似乎喜歡上這間酒吧了。

（太好了。）

有棲院今天雖然是以慶祝初戰勝利為藉口，帶珠雫來到這裡。但實際上，他是為了珠雫體貼兄長的那份溫柔，才特地空出這段時間。

既然如此，他希望珠雫能夠好好享受一番。

不只是享受美酒，也能享受店內的氛圍。

「那我們先來點酒吧。珠雫想喝什麼樣的酒呢？」

「嗯…………」

有棲院這麼問道。珠雫則是拿起放在吧檯上的酒單。

「哎呀，珠雫應該看不懂酒單喔。」

畢竟酒單上只寫著酒類或是雞尾酒的名稱。

有栖院知道珠雫不懂酒，所以認為她即使看了酒單，應該也挑不出個所以然來。

不過珠雫似乎覺得有栖院把她當成小孩子。

「沒、沒禮貌。我好歹也知道一、兩個雞尾酒的名字。」

她露出有些賭氣的表情——

「嗯唔——請給我烈馬丁尼。」

「噗、咳！咳咳！」

她的選擇實在老氣橫秋，害有栖院突然嗆到。

「等、等一下！妳第一杯就喝這個，下場會很不妙喔！」

馬丁尼是一種以琴酒與苦艾酒調製而成的雞尾酒。馬丁尼在很多電影登場過，相當有名，但非常不適合第一次碰酒的新手飲用。更別說是烈馬丁尼，裡頭的成分幾乎是琴酒，相當烈。

「珠雫，人家知道珠雫是第一次喝酒，所以妳不用特地裝成熟嘛。我們就從更容易入口的酒開始喝，不要勉強自己？好嗎？」

有栖院彷彿在安撫耍賴的妹妹，以姊姊般的口氣阻止珠雫繼續胡來。

珠雫聽了，也察覺自己太意氣用事了。

「唔……嗯，我知道了。可是我除了馬丁尼以外，根本不知道其他雞尾酒的名字……」

「沒關係，妳只要告訴店長想喝什麼樣的酒，他會按照妳的要求調酒的。」

「是這樣嗎？」

「是啊。」

「那……我想喝甜一點的酒。」

「甜味酒也分很多種，妳是想喝水果類的甜酒嗎？」

「嗯，我想要有水果的味道，但是又能明顯喝出酒味。」

「妳不想喝大部分是果汁的酒嗎？」

「那喝果汁就好啦。妳難得帶我來這種店，我也想稍微冒個險嘛。」

「說得也是呢。」

有栖院認同珠雫的想法，接著向店長點了酒。

不久後，一只裝有鮮豔橙色液體的馬丁尼杯，端到了珠雫面前。

「這種雞尾酒名叫瓦倫西亞。它是用柳橙汁和杏桃白蘭地混合而成，口感偏甜，很適合還不習慣喝酒的人飲用。」

「謝、謝謝您。」

至今不發一語的店長突然仔細地向珠雫解說道。珠雫則是敬畏地道了謝。

她的視線四處游移，感覺非常可疑。

可能是因為有陌生人突然向她搭話，她緊張的老毛病又稍稍復發了。

現在的珠雫有別於平常的冷漠，有栖院在心中淡淡一笑。

（真可愛啊。）

有栖院現在回想起來，珠雫剛開始和自己同房的時候，也是這樣坐立不安。

之前他們和一輝、史黛菈，四個人一起去購物中心看電影的時候，一輝幫珠雫擦掉她臉上沾到的奶油，珠雫也曾經因為害羞過度，躲到自己身後。

在那之後，有栖院問了一輝才知道，那似乎是珠雫從小就有的習慣。

她原本的個性，應該就是既害羞又膽小。

「這杯酒看起來只是有點濁的柳橙汁呢。」

有栖院點的則是威士忌。服務生將威士忌杯和水杯（Chaser）放下後，轉身離開。此時珠雫興味盎然地望著手邊的馬丁尼杯。

「因為裡面有一半以上都是柳橙汁呢。不過這並不是純粹的柳橙汁，不可以一口氣灌下去喔？」

「我、我知道啦。」

珠雫沒想到有栖院會提醒她這麼理所當然的事，便微微鼓起雙頰表達不滿。

「呵呵，抱歉。那麼我們就再次——為大家的勝利，乾杯。」

「乾杯。」

兩人捧起酒杯，連同不在場的兩人的份，互相慶賀彼此的勝利。

接著，珠雫以自己纖細的雙手手指，彷彿摘花般地捏起馬丁尼杯的杯腳，淺嘗一口瓦倫西亞。她飲酒的模樣，就彷彿天竺鼠在啃咬向日葵種子，相當令人憐愛。

細弱的喉頭微微動了動，嚥下了口中的酒精飲料。最後——

「呼…………」

珠雫口中輕輕嘆出陶醉且甜美的氣息。

「……好甜，真好喝。」

「呵呵，那就好。」

「水果的香氣伴隨著酒精，緩緩湧上喉頭，感覺非常濃郁呢。」

「是啊。想要享受『甜味』，喝果汁就夠了。但如果要品嘗『香氣』，就一定要喝酒了。妳能喜歡上這種感覺，人家今天帶妳來這趟就值回票價了呢。」

珠雫喝下第二口酒，臉上的神情比喝第一口的時候，還要開心許多。有栖院從旁望著這樣的珠雫，也端起威士忌杯，微微飲下一口，感覺似乎是鬆了口氣。

「艾莉絲是喝威士忌嗎？」

此時珠雫突然興致勃勃地望向有栖院手上的威士忌。

「嗯，是啊。人家很喜歡這種酒。」

「可以讓我喝一口看看嗎？」

「呃…………」

有栖院有點猶豫。

他並不是在意間接接吻之類的。

而是因為有栖院點的威士忌，並不是大多數人會選的種類。

「該怎麼說呢……珠雫，人家喝的這種威士忌，在威士忌這個酒種裡算是比較特殊的，評價也相當兩極，喝過的人不是很喜歡，就是討厭到極點，所以人家不推薦第一次喝威士忌的人喝這種酒呢。一個不好，可能會害妳有心靈創傷。還是麥卡倫比較……」

「沒關係，我並不是對威士忌有興趣，而是好奇艾莉絲喜歡的酒是什麼味道。」

「唔嗯——」

珠雫這麼說，有栖院也找不到理由拒絕了。

「既然妳這麼說……」

凡事都是個經驗。

反正這種酒又不是喝一口就會死人。

有栖院這麼心想，將威士忌杯滑向珠雫面前。

接著，開口這麼建議道：

「在喝之前，最好先聞聞味道喔。如果光聞味道就不行了，還是別喝得好。」

「知道了。」

珠雫按照有栖院的叮嚀，像剛才一樣以雙手捧起手邊的威士忌杯，將鼻尖湊了過去。下一秒——

「唔嗚————!?!?」

珠雫頓時渾身寒毛直豎，臉蛋火速遠離了威士忌杯。

她的臉上滿是驚恐，似乎覺得難以置信。

「咦、咦、這、這是什麼啊⁉碘、碘酒嗎⁉」

「啊哈哈，妳會有這種反應也不奇怪呢。在美國禁酒令時期，酒販甚至堅稱這是藥品，光明正大販售這種酒呢。」

「……這、這能喝嗎？這根本完全不是飲料該有的味道，喝了沒問題嗎？」

「所以人家才說不推薦嘛。妳不用勉強自己喝下去喔？」

「…………唔、不，我已經說要喝了。」

於是珠雫將威士忌杯湊到脣邊，含了一小口。

「……意、意外地還喝得下去嘛……」

「眼角泛淚還說這種話。來，白開水。」

有栖院遞給珠雫服務生送來的水杯。珠雫露出不甘心的神情，但還是接過水杯，大口地清喉嚨。

「嗚唔……藥味還留在嘴裡……」

「人家說了，不推薦新手喝嘛。」

「……酒這種東西還真是五花八門呢。」

「酒可是人類的好朋友喔。酒和人類一起度過了漫長的歷史，所以也和人一樣形形色色。從中找到和自己合拍的好酒，也是享受這種店的樂趣之一呢。不過今天是人家請客，妳就隨心所欲地享受就好。」

「可以嗎？」

「當然。今天的珠雫是個很棒的**好孩子**嘛。」

珠雫聽了有栖院這番話，瞬間瞪大了雙眼——接著微微一笑。

她終於了解他今天帶自己來這裡，真正的用意。

「……也是呢。既然艾莉絲這麼說，我就不客氣了。怎麼能讓史黛菈同學一個人享受，這樣太詐了。我也要好好享受一番。」

珠雫低聲說完，接著向店長搭話：

「不好意思，請給我一杯烈馬丁尼。」

（結果還是要點那個啊……）

算了，她要是醉倒了，自己就背著她回去。

◆◇◆◇◆

於是，一個小時過後……

「然後啊，那個時候哥哥為了救我，竟然在寒冷的冬天跳進河裡，拚了命地游到我身邊，然後緊緊抱住我冰冷的身體，口中說著：『太好了。』我們兩個人渾身溼答答又冷冰冰的，可是哥哥的雙手卻好溫暖。當時我就發現，就是因為身邊有一位這麼棒的男孩子，我才喜歡不了同班的男同學。他們和哥哥相比，實在太下流了，一點都不紳士。那根本是猴子、是猴子啊。總之在我心目中，那一天哥哥落淚的溫柔表情，是第二帥的。而第一名，當然是五年不見的哥哥了。他長高了，四肢精壯，可是眼角卻依舊溫柔。我雖然也喜歡哥哥小時候可愛的正太模樣，但最棒的還是帥氣又可靠的哥哥……——喂，艾莉絲，妳有在聽嗎？」

「呵呵，我有在聽啊。這段故事妳已經說第三次了呢。」

珠雫完全喝醉了。

她本來白皙乾淨的臉蛋，整個紅到耳根子。而且從剛剛開始就一直重複炫耀一輝的帥氣事蹟。

就算是耐心極佳的有栖院，也聽到膩了。

「唔~那妳說說看，我剛剛在說什麼事嘛。」

「妳在說以前在河川溺水的時候，一輝跑來救妳的事啊。」

「姆~……咦？我剛剛到底在說什麼？」

呃——……

「珠雫，這邊有幾根手指頭？」

有栖院舉起自己的三根手指頭給珠雫看。

珠雫見狀，則是面露不滿。

「什麼啊？把人家當成醉鬼一樣~」

「我怎麼看，妳都是個醉鬼啊。」

「才沒有。別看扁我了……是六根，對吧。」

（啊，這下完蛋了呢。）

那杯烈馬丁尼果然是致命一擊。

那等於是讓不習慣喝酒的人去喝整杯威士忌原液。

最後當然會變成這個模樣。

「那就來說哥哥還在當絕地大師的事好了。」

（突然變成星○大戰!?）

她已經分不清現實跟妄想了。

也差不多該回去比較好。

史黛菈和一輝現在是兩個人獨處。而有栖院今天會帶珠雫出來，就是為了讓她忘記這件事。

雖然是珠雫自己決定讓他們獨處，但這個決定仍然讓她相當痛苦。

有栖院知道珠雫是真心愛著一輝，所以他能理解。

珠雫要是就這樣回宿舍，心中的悲傷會狠狠壓迫著她。

所以有栖院今天才會帶她來到這個地方。

人偶爾會想放空自己的腦袋，什麼都不要想，就讓時間平白流逝。

而看看珠雫現在這個樣子，自己的目的應該是達成了。

珠雫說著關於一輝的回憶，感覺相當開心。

© Wo

那麼，就該見好就收。

有栖院這麼心想，正想建議珠雫回宿舍。

就在此時，他看到珠雫的臉頰沾上了千層酥的奶油。

（哎呀呀，之前好像也發生過類似的事呢。）

之前和史黛菈、一輝，四個人一起出遊的時候。

當時珠雫的臉上也沾了奶油。

或許是因為她的嘴巴比較嬌小。

「來，珠雫，妳的臉上沾到奶油囉。」

有栖院當然不會像一輝一樣，舔掉那抹奶油。

他不會錯估彼此的距離。

有栖院拿起餐巾，溫柔地從珠雫軟綿綿的臉蛋上擦去奶油。

「嗯～」

「好了，擦掉了。不過……珠雫的臉頰就像嬰兒一樣，白白軟軟的，真令人羨慕呢。」

「……艾莉絲自己也是，像姊姊一樣。」

「姊姊？妳說我嗎？」

「嗯，我有時候會想，如果我有一位像艾莉絲一樣的姊姊，那該有多好。」

「哎呀，妳該不會接下來想說，讓人家和一輝結婚，人家就能成為珠雫的姊姊了？」

「嗄？（威嚇）」

「對不起，我得意忘形了。」

有栖院是故意踩了珠雫的地雷。不過珠雫還是老樣子，一說到一輝，就開不了玩笑。

「就算是艾莉絲，我也不會把哥哥讓給妳。」

「是啊，一輝是屬於珠雫的嘛。」

「……我其實、也沒有這麼想。」

剎那間，珠雫吐出了意料之外的軟弱話語，同時臉蛋覆上了一抹陰影。

「珠雫？」

有栖院有些擔心地窺視她的表情。

珠雫閉起了雙眼，接著——

「艾莉絲，我想……問妳一個問題。」

◆◇◆◇◆

「艾莉絲……其實啊，我今天真的很開心。」

珠雫以這句話為開頭，開始述說自己真正的心情。

「史黛菈同學能在大家的面前，認同了哥哥。這真的讓我很開心，因為至今從來沒有人和她一樣，沒有人願意直視哥哥，察覺哥哥的優點……」

珠雫指的是今天〈落第騎士〉對〈獵人〉的比賽上，發生的一切。

在那場比賽中，〈落第騎士〉面對初次的公開戰，因為緊張陷入了困境。史黛菈卻從觀眾席上大聲地喚醒了他。

就在所有人都責怪著一輝的這個時候。

史黛菈不畏他人目光，抵抗著一切，肯定了黑鐵一輝這名騎士的全部。

以往絕對不可能有這種人。

一輝甚至遭到自己的血親否定。

所以史黛菈的舉動，真的讓珠雫很高興。

珠雫始終比所有人都了解兄長的優點，同時也希望他人能認同兄長。

但是——

「……哥哥聽見史黛菈同學的話，應該也覺得非常開心吧。」

珠雫回想著。

史黛菈大聲疾呼的時候，一輝臉上的神情。

她從未見過兄長露出如此欣喜的表情。

……不論自己再怎麼肯定兄長，不論自己多麼想讓兄長開心，她都辦不到。

當珠雫見到這一幕，她感到開心，同時也察覺了一件事。

身為妹妹會有的極限。

不管自己多麼愛慕兄長，自己對一輝來說，終究只是親人。

……自己沒辦法成為屬於兄長的女人。既然如此——

「哥哥一直都這麼痛苦，不被他人喜愛，就這樣長大成人……所以我想盡全力愛著他，想帶給他更多的幸福。我一直都是這麼想的。對我而言，最重要的就是哥哥能得到幸福。所以……所以啊，如果、哥哥能得到幸福，**如果史黛菈同學比我更能帶給哥哥幸福**，我……我是不是——」

應該主動退出？

珠雫正想說出這句決定性的話語。此時——

「珠雫。」

有栖院細長的食指緩緩靠上珠雫的雙唇。

「艾莉絲…………」

「我懂妳想說什麼，妳可以不用勉強自己說出來。」

有栖院語畢，食指緩緩移到珠雫的眼角，擦去微微浮現的淚珠。

「……好。我一直在考慮這件事。」

珠雫點了點頭。

史黛菈比自己還能帶給兄長幸福，自己是否該退出？

是否該捨棄自己對兄長的愛戀？

珠雫看完那場比賽之後，這個疑問一直存在於珠雫心中的角落，揮之不去。

沒錯。現在在她的心中，同時存在了兩種相反的情感。

她既喜又憂。喜的是現在出現了第三者願意肯定兄長，憂則是因為她和史黛菈一樣深愛著一輝。

她同時深陷於對一輝的親情與愛情之中，進退兩難。

珠雫感到迷惘，不知道現在自己究竟該選擇哪一邊。不過——

「這個問題很難呢。說實話，人家也沒辦法給妳答案。」

有栖院並未正面回答珠雫的疑問。

「因為這攸關於珠雫自己的感情，只有珠雫才能導出真正正確的答案。」

「……這樣啊。」

「不過呢——」

有栖院突然換了語氣，接著說下去：

「人家還是能肯定地告訴珠雫兩件事。」

「……兩件？」

「是啊。」

那是什麼事？珠雫一臉疑惑。有栖院則露出滿是慈愛的微笑，開口說道：

「第一，珠雫絕對是這世界上最深愛一輝的人。第二，如果其他女人沒辦法強行從珠雫手中奪走一輝，那她就沒資格帶走一輝。」

「…………！」

「想怎麼選擇，一切都是看珠雫。妳的感情、妳的愛戀，全都是貨真價實，所以我覺得妳不需要捨棄，也不需要認為自己一定得捨棄這些情感。妳只要坦率面對自己的想法，隨心所欲地去愛就好。只要是女孩子，都有這份權利。」

有栖院的話語一點一滴地滲進珠雫的心中——

（啊……原來如此。）

她的心得出了答案。

不需要捨棄那些感情。

珠雫原本以為，如果是為了兄長的幸福，自己應該捨棄這份愛戀。

但她其實不需要這麼做。

有栖院這麼說也對。如果這個女人沒辦法對付認真起來的自己，怎麼能將兄長交給她？

既然如此……她根本沒必要退讓。

史黛菈的感情，是否強烈到有辦法壓制自己，奪走兄長？

自己的愛戀，有如寶石一般貴重。而她是否能凌駕於自己之上？

在這個世界上，只有自己能測試她。

（我要好好確認，史黛菈同學是不是比我更能帶給哥哥幸福……）

珠雫想到這裡，內心彷彿解開了束縛一般，輕鬆了許多。

◆◇◆◇◆

「……艾莉絲………謝謝妳。」

珠雫似乎是想通了。她道了謝，表情也明亮了起來。

有栖院見到珠雫的神情，明白她得出了答案，便微微揚起脣角。

而他掛著微笑……同時也讚嘆起珠雫這份偉大的愛情。

（……她能如此深愛著自己以外的某個人，真的很厲害呢。）

甚至願意捨棄自己重要的情感，只求兄長的幸福。

有栖院自己……已經沒辦法這麼做了。

有栖院已經無法這樣喜歡上別人——喜歡上**人類**。

（人家只能表面上去配合他人而已。）

表面上，他對每個人都抱持著善意，實際上，他從未對某個人敞開過心胸。

自己彷彿是身處於天鵝群中的白鴨。

正因為如此，他才會這麼想。

珠雫的感情真的非常珍貴。所以他不希望珠雫捨棄這份感情——

（……人家也感傷過頭了呢。）

或許是醉意不小心勾起奇怪的情感。

有栖院思考著莫名感傷的自己，自嘲地揚起脣角，接著仰頭飲盡威士忌杯中的最後一口酒。

「好了，我們差不多該走了。」

身旁沒有回應。

正當有栖院疑惑地望向身旁的珠雫——

叩咚。

珠雫突然倚靠在有栖院的右手臂上。

「呼……呼…………」

「哎呀……」

看來她終於醉倒了。

或許是因為心中的疑惑得出了結論，緊繃的情緒瞬間放鬆了。

有栖院無可奈何地背起珠雫嬌小的身軀，結完帳，走出酒吧。

珠雫的身軀彷彿羽毛一般輕巧，背起來一點也不辛苦。

「…………哥、哥……」

睡夢中的珠雫可能以為是兄長在背著她。

她這麼呢喃道，同時攀在有栖院身上的雙手收緊了力道。

「真是的。一輝……你真是個罪惡的男人啊。」

有栖院抬頭望了空中閃耀的繁星，默默許下一個願望。

希望這位善良的少女，能以最好的形式實現她的心願——

「珠雫實在太堅強了……」

「那女孩真的很喜歡一輝呢。」

「順帶一提，艾莉絲在這個時候已經決定要背叛〈解放軍〉嗎？」

「……是啊，人家心中其實已經得出答案了。她這副堅強的模樣——完全勾起人家的母性本能呢。」

「不愧是艾莉絲，對自己貫徹始終呢。」

——好了，讓我們來看看下一篇小插曲吧！

下一篇比前兩篇稍微新一點，是最近的故事。

學長擊敗了破軍學園校內排行第一名、前次大賽第四名的強者——〈雷切〉東堂刀華學生會長後，因為疲勞昏倒了一個星期。而這段插曲正是發生在這一星期中，史黛菈與珠雫之間的對決。」

「啊，是那件事啊。」

「艾莉絲算是那件事的導火線，你當然記得嘛。」

「可是人家大部分時間都不在場，不太清楚詳情喔。」

「所以加加美為了艾莉絲與各位讀者，很努力地採訪到詳情囉。接下來，插曲三——一決勝負!?〈紅蓮皇女〉VS〈深海魔女〉，即將開始啦～」

第三話

一決勝負!?〈紅蓮皇女〉VS〈深海魔女〉

© Won

〈紅蓮皇女〉與〈落第騎士〉是一對情侶。

校內選拔戰後半賽程，由於倫理委員會的陰謀，兩人的緋聞暴露在大眾的目光之下，同時由此憑空掀起了滿載惡意的紛紛擾擾。

而隨著〈落第騎士〉黑鐵一輝的勝利，以及〈紅蓮皇女〉史黛菈・法米利昂的父親——法米利昂皇國國王一聲令下，有如退去的潮水一般，沒過多久便平息了所有騷動。

但是——並非所有問題都因此解決。

這裡有一名青年，正在煩惱當時遺留下來的後遺症。

這名男子外表清秀，身材高大，正是有栖院凪。

這裡是宿舍，有栖院站在自己房間的房門前，輕輕嘆了口氣。

困擾著他的大問題，就在這扇門的另一端。

「……唉，這該怎麼辦呢？」

「不過，人家再怎麼煩惱，還是無計可施呢。」

有栖院喃喃自語著，同時轉開門把，進到房間內。

房間裡頭的景象——正如他所想。

明明是大白天，窗簾卻緊緊拉上，房內一片黑暗。

房裡依舊四散著褪去的衣物。

翻開的書本，完全沒人收拾。

寶特瓶、零食包裝等等殘骸，全散落在地板上。

以及……在這毫無立足之地，亂得有如垃圾場般的慘狀正中心處——

『珠雫，我喜歡妳。我希望妳能和我一起前往威尼斯，一直陪伴在我身邊，用熊爪（註2）刺穿我的心。』

「呵呵呵……哥哥的粗劣複製品——一正同學，我當然會跟你去啊。」

電視散發出淡淡光芒，宛如鬼火一般。而身穿夾克的珠雫就坐在那裡，一邊盯著電視一邊碎碎念。

「珠雫，妳還在玩『私立王子學園』嗎？」

「…………啊，艾莉絲，妳回來啦……呵呵，這遊戲太好玩了。我從來沒玩過電視遊戲，沒想到會這麼有趣呢。現實世界乾脆就這樣消失不見就好了。」

珠雫回過頭來。她的雙眼完全失去色彩，甚至連瞳孔都游移不定。

有栖院望著那雙死魚眼，勉強扯出笑容，開口問道：

「可是妳好像一直在重複玩一正路線呢……？」

「……？這是當然的啊，其他的蛆蟲們長得又不像哥哥。這個一正雖然只是一隻長得像哥哥的蛆蟲……但我也是個不中用的妹妹，哥哥又看不上我，拿這隻蛆蟲配我正好，不是嗎？呼呼呼呼……」

註2　熊爪：原文為Bear claw，為漫畫《格鬥金肉人II世》中的招式名。

（太糟糕了。）

珠雫搖晃著腦袋，一邊死氣沉沉地自嘲。有栖院看著這樣的珠雫，隱約退縮了一下。

總之，這就是讓有栖院煩惱不已的**後遺症**。

當一輝和史黛菈的情侶關係暴露在陽光之下，珠雫也因為打擊而衰頹不振。

而具體來說——

她儀容不整。

不打掃房間。

今天甚至向學校請假，整天打電動。

就有栖院所知，她不停玩同一個角色的路線，至少重複了二十次。

珠雫的舉止對同房的有栖院來說，實在是困擾至極。她渾身迸發出負面氣息，甚至快把有栖院逼出病來了。

「妳不是早就知道他們的關係了嗎？」

「是啊……我知道。」

「但是聽到他們親口承認，妳還是承受不了，是嗎？」

「才沒這回事。只要哥哥能幸福，就算待在哥哥身邊的人是史黛菈同學，我也無所謂。」

「妳根本言行不一呢。」

「別管我。只要哥哥和史黛菈同學過得幸福，兩個人能一直相親相愛就好。我就算變成魚乾女，也和他們無關。」

珠雫從有栖院身上轉開視線，再次玩起了遊戲。

她那副無力的背影，正默默述說她心中的傷口有多深。

（……唉，也不能怪她。）

有栖院至今一直注視著珠雫，所以他很清楚。

她始終一心一意深愛著一輝。

──當然，珠雫自己早有覺悟。

總有一天，兄長和史黛菈之間的關係會攤在陽光下。

畢竟她一直默認兩人交往。

但是當這一天真的來臨，席捲而來的空虛、挫敗、嫉妒──種種負面情感，輕易壓垮了珠雫的覺悟。

好沉重……這沉重的現實，實在讓她難以承受。

不過，珠雫只能不斷說服自己接受它。

畢竟是兄長自己選擇的結果──

珠雫唯一的心願，就是兄長‧一輝能夠獲得幸福。

倘若珠雫只是盲目地愛著一輝，或許說什麼都不會接受這個事實。

但她不是。

對珠雫來說，自己的感情是其次。
她將一輝的幸福擺在第一順位。
那麼，她面對一輝基於自己的感情，所選擇的對象——
她說什麼都得承認對方。
不過…………這小巧的胸口中，蘊藏著日漸強烈的愛戀。
她沒辦法單憑三言兩語，就輕易捨棄掉——
於是，她懷抱著多得無法釋懷的情感，就這樣被現實壓垮了。
（……感情太過強烈，也是有壞處呢。）
要是能放棄或是遺忘掉這份感情，倒還輕鬆許多。
有栖院望著珠雫的背影，這麼心想道。但是，珠雫卻辦不到。
——應該說，**她不想這麼做**。
她明知得不到回報，也無法說出口——
珠雫還是不想捨棄對一輝的感情。
所以她才會這麼痛苦。
有栖院很喜歡這樣的珠雫。
珠雫是如此深愛著一輝，始終如一。有栖院甚至能說是尊敬著這樣的珠雫。
但即使如此——
（就這樣放著她不管，未免太可憐了。）

珠雫有氣無力的模樣，看了就令人心酸。

更重要的是，每當自己回到房間，房內就有如颱風過境般凌亂，也讓他有點困擾。

（得稍微讓她打起精神來。）

不過安慰是沒用的。

一輝對珠雫來說，是獨一無二的存在。而現在，她失去了他。

有栖院不認為單憑自己的一字半句，就能填補她心中的空洞。

她需要的，依舊是一輝。

因此，有栖院打算——

稍微對珠雫搧風點火。

「既然妳不想我管，人家就不管妳囉。不過……真令人意外呢。珠雫竟然會這麼輕易認同史黛菈。」

「什麼意思啊。」

「人家的意思是，一輝是妳最重要的哥哥，而妳這麼簡單就讓史黛菈成了他的伴侶啊。」

「……哥哥選了她啊。」

有栖院的語氣刻意帶了點挑釁。而珠雫的回答中，也毫不掩飾自己的不滿。

不論珠雫想不想承認對方，一切都和珠雫無關。

這是兄長自己的選擇，不容珠雫插手。

不過有栖院面對珠雫的回答，卻故意歪了歪頭，疑惑地問道：

「哎呀？是這樣嗎？」

「……？」

「如果雙方兩情相悅，就會有美滿的結局，這世界就不會有人離婚了呢。」

「妳想說什麼？」

珠雫似乎是對有栖院若有深意的語氣有了興趣。

珠雫的整個身體轉了過來，回問有栖院。

而有栖院這麼回答道：

「俗話說：『戀愛是盲目的』。當人被愛情沖昏頭的時候，就會看不清對方的缺點。特別像一輝這種人，對自己嚴格到極點，可是對他人卻很寬容，對吧？史黛菈究竟是不是合格的伴侶？會不會打掃洗衣？能不能好好做出一桌菜……代替本人，以客觀的角度去審視對方的這些小地方，可是身為小姑……應該說是身為親人的責任呢。」

有栖院的這些話，一半是真心話，一半是假話。

有栖院自己是認為，應該讓當事人自己去面對雙方的優缺點。

他本來就不喜歡在一旁說三道四。而且如果是一輝和史黛菈這對情侶，他認為**選擇權**應該是在史黛菈身上。

畢竟她可是一國的公主。

黑鐵家在日本雖然稱得上是名門，但是雙方的階級差太多了。

不過，有栖院是為了珠雫，刻意說出這番話。

自己還能為最愛的哥哥做點事。

這個事實，能讓這名少女感覺到自己是被需要的。

而正如有栖院所想——

「…………的確如此。」

有栖院的話語，點燃了珠雫心中的火苗。

珠雫那雙布滿陰霾的翠綠雙瞳，恢復了平時應有的光彩。

「沒錯，就是這麼回事！艾莉絲說得沒錯！」

珠雫心想，這的確是親人的責任。

同時她也發覺，只有打從心裡深愛著一輝的自己，才能完成這個責任。

當然了。她的大哥如同浪子，父親又輕蔑著一輝，他們根本不可能做得到。

只有自己，只有自己能辦到——為了兄長！

「我要好好確認，史黛菈同學是否真的能讓哥哥幸福！」

珠雫語畢，猛地跳起身。

雙眸蘊含的光彩強而有力，臉上充滿活力。

自己還能為兄長做些什麼。

她想起來了。她不能只是放棄對兄長的感情。

「艾莉絲，謝謝妳！託妳的福，我知道自己該做什麼事了！」

「妳能打起精神就好了。」

有栖院見到珠雫振作起來，便放下了心，溫柔地揚起微笑。

雖然珠雫暫時恢復活力，但現實是不變的。那兩個人依舊是男女朋友。

但是，珠雫若能藉由這次行動，認同史黛菈成為兄長的女朋友……或許能使她多少放下心中的重擔。

有栖院默默祈禱事情能順利……雖然對史黛菈來說，這只是給她找麻煩，不過對方可能會成為她的小姑，還是讓她為未來的小姑盡點心力。

◆◇◆◇◆

或許是她懷抱著沉重的心情，怠惰了好幾天，因此體力過剩。振作起來的珠雫，行動相當迅速。

在那之後，她馬上更衣，走出房間去找史黛菈。

珠雫想在今天之內，盡快確認她是否夠格成為兄長的戀人。

有栖院走在她身旁，實在佩服她的行動力，低語道：

「俗話說：『擇日不如撞日。』不過，人家沒想到會這麼突然。妳今天就要行動嗎？」

「這種事，應該在哥哥沉睡的時候速戰速決。」

「話是這麼說沒錯……可是妳想好要怎麼測試史黛菈了嗎？」

珠雫用力地點點頭。

「是啊，我馬上想好測試內容了，沒問題。」

「哦？大概是什麼內容呢？」

「我最在意的，還是她會不會打掃洗衣。畢竟她是公主殿下，從小到大肯定是相當受寵。我要是不注意這點，哥哥可能得住在垃圾屋裡。還有，廚藝也很重要。身為女人，怎麼能不會料理。身為妻子，就得讓丈夫吃到親手做的美味飯菜，不然我絕對不會認同她！」

「的確，這兩點都很重要呢。」

特別是廚藝。

愛妻料理和打掃之類的家事不一樣，是獨一無二，不可或缺的事物。

可不是丟給佣人去處理就好的。

（嗯？話說回來——）

有栖院此時突然在意起一件事，便開口問向珠雫：

「是說，珠雫會做菜嗎？」

「當然。我家雖然沒有史黛菈同學那樣顯赫，但好歹也是名門。家人早就讓我做過這類修練了。」

「這樣啊，妳想必受過相當嚴格的訓練呢。」

「是啊，我的料理相當受家裡的佣人們歡迎呢。他們總是說：『好吃到快發瘋了。而且光吃這種料理，就能瘦下三十公斤，我真是太幸福了。』」

（她才是從小到大都非常受寵啊!?）

「妳說什麼？」

「光、光吃飯就能減肥啊，妳的料理感覺很健康呢！」

「呵呵，是吧？下次我也為艾莉絲做幾道菜好了。」

「…………好、好耶……」

「就是這麼回事。所以我希望妳能將房間讓給我一整天，可以嗎？」

「沒問題。那人家就去加加美的房間打擾一下好了。」

「不好意思。」

「沒關係，原本就是我自己提的建議嘛。」

於是，兩人在一來一往的對話中，抵達了目的地。

兩人能肯定，史黛菈就在這個地方。

這裡是學園附設的病房大樓，他們來到了大樓裡其中一間病房。

一輝與〈雷切〉之間的最終決戰結束後，已經過了四天。一輝在決戰中使用〈一刀羅剎〉，引發了後遺症，再加上倫理委員會卑劣的計畫，百般阻撓，導致他的身體狀況惡化。一輝因此倒下之後，至今仍未清醒。

所以，史黛菈今天一定也會來照顧一輝。

「那趕快叫史黛菈出來吧。」

「等等。」

有栖院的手正要伸向房門，珠雫卻突然制止了他。

「怎麼了？」

「機會難得。我想趁機看看，史黛菈同學有沒有好好照顧哥哥。」

「啊，原來如此。這也是很重要的事呢。」

身為妻子，雖然不需要太過專業的護理能力，但至少要學會家庭用的看護技能，不然就太遜了。

珠雫既然是以小姑的角度去看，當然要好好審視她這點。

話雖然這麼說，但以前在對〈獵人〉戰過後，史黛菈也曾費盡心力照顧一輝，能力方面應該是沒問題。

兩人這麼想著，悄悄打開病房的房門。而病房裡頭——

「我開動了……」

史黛菈雙頰泛紅，正打算以自己的雙脣，吻上昏睡的一輝。

「！」

剎那之間，有栖院突然感覺渾身一寒，彷彿周遭的氣溫猛地降到冰點以下。他看向珠雫的方向——但已經太遲了。

珠雫以媲美神速反射（Marginal Counter）的速度，在不到零點一秒之內製作出冰塊子彈——

「去死吧！」

「呀啊啊啊啊啊啊!?什、什麼什麼？有人行刺嗎!?」

有栖院根本來不及阻止珠雫，冰之子彈已經瞄準史黛菈，胡亂掃射一通。

◆◇◆◇◆

「妳突然間發什麼神經啊！如果是別人，早就死在妳手上啦!?」

〈雷切〉戰過後，一輝陷入昏睡狀態。而這裡是他的病房。

史黛菈拔下插在額頭上的冰柱，放聲怒吼。

珠雫對此，則是挑眉回罵：

「妳才是，妳想對哥哥做什麼啊！妳連乖乖照顧病人都做不到嗎!?」

「唔、那、那是——對、對了！我只是想幫一輝量體溫而已！用額頭量！」

「少在那邊扯些無聊的藉口！這裡是病房！總有溫度計吧！」

「珠雫，妳說得對。這裡是病房，所以妳就小聲一點，好嗎？」

「啊，唔………………！」

有栖院指著滿是坑洞的病房門板。

校醫因憤怒而充血的眼球，正從門上的坑洞中狠瞪著三人。

第一學期才開始沒多久，珠雫就曾因為毀壞公務而停學，她可不想再來第二次。

因此珠雫雖然不情願，也只能降低音量，恨恨地望著史黛菈。

「……真是的，都是因為某個浪蕩女，害我丟這麼大的臉。」

「不、不要說我浪蕩！」

「妳想對毫無抵抗能力的哥哥，做出那種猥褻行為，不是浪蕩是什麼？」

「猥、猥褻!?別說得那麼糟糕啦。而且我和一輝是、那個、情侶嘛，接吻可是理所當然的親密行為啊。沒錯，就和打招呼差不多。嗯。」

「誰和誰是情侶啊？嗄？」

「咦？珠雫之前不是願意認同我們的關係嗎？」

史黛菈一臉意外。

珠雫馬上就理解了。史黛菈指的是之前兩人在餐廳的對話。

一輝遭到倫理委員會囚禁時，史黛菈主動告訴珠雫兩人的關係。

但是珠雫卻回答，自己早就知道了。

她明知道真相，卻沒有一句抱怨。

史黛菈認為那句話，就代表珠雫**承認**了自己。

不過，珠雫卻搖頭否定。

「我只是說：『我**知道**你們兩個人的關係』，不過我從來沒說過**承認**你們的關係，也沒打算承認。」

「這、這樣太詐了！」

「一點都不詐。」

珠雫強行駁回史黛菈的抗議，打算趁現在提出今天的來意，接著說下去：

「不過，我和某個浪蕩女不同，我可是個大人。所以我現在要考考史黛菈同學，看妳是否真的能讓哥哥幸福，夠不夠格成為哥哥的伴侶。」

「妳、妳說測試？」

「沒錯。如果妳沒辦法讓我滿意，我絕對不會同意妳成為哥哥的戀人。」

不過對於珠雫的提案──

「開什麼玩笑啊。為什麼我非得接受妳的考驗不可？」

史黛菈卻不打算理會。

從她的角度來看，珠雫的提案只是多此一舉，她當然不會接受。

「說到底，我和一輝本來就是兩情相悅，我們的關係已經確定了。不管珠雫認不認同，這都和妳無關啊！」

不過……她的用詞卻是糟糕到極點。

明明事關一輝，她卻對珠雫用了「無關」兩個字，毫無疑問地──

她踏中珠雫的地雷。

「……哦?妳明明從我手中奪走了哥哥,卻說和我無關?」

同一時間,病房的溫度一口氣降低了十度左右。

但珠雫的語氣,卻遠比這股空氣還要冷冽。

「我是他的妹妹,我一直思念著哥哥,比誰都還要深愛著哥哥。妳卻說你們的事和我無關?」

她的聲音有如地底亡靈的聲聲呼喚,不帶一絲生命的暖意。

史黛菈也難得被珠雫的氣勢壓了過去,不過——

「唔、沒、沒錯!感、感情事裡最重要的,應該是當事人的心情啊!」

史黛菈這麼反駁道。她的上半身微微向後傾,卻不願退縮。

但是——她的虛張聲勢也撐不了半刻。

「原來如此……既然妳說到這種地步,那也沒關係。妳可以不經過我的同意,繼續堅稱自己是哥哥的戀人……不過到那個時候,我絕對會拆散妳和哥哥。不管妳逃到地球上的哪一個角落,我都會不擇手段地毀了妳的幸福。而且我不會現在動手,而是等到妳一生中最幸福的時候。所以,史黛菈同學——如果妳不想得到我的認同,打算擅自奪走哥哥,**最好現在就殺了我**。」

「唔、唔唔………」

珠雫的語氣彷彿法官在宣判死刑一般,平淡敘述著已經確定的事實。

她的怨念不容質疑，絕對是**貨真價實**。史黛菈也不得不屈服於她。

「我、我知道了！我知道了啦！我接受就是了嘛！」

「很好，明智的選擇。」

珠雫刻意露出燦爛的笑容。

不過史黛菈不打算單方面接受珠雫的要求。

「既然妳都說到這個份上了。」她以這句話做前提，指著珠雫提出一個條件：

「要是我通過這場測驗，珠雫就要承認我和一輝的關係。妳要答應我，不能再把一輝當作異性看待。」

「…………」

珠雫聽見史黛菈的條件，沉默了半晌。

假如她答應這個條件，萬一史黛菈真的通過珠雫的考驗，她就必須承認史黛菈**夠資格成為兄長的伴侶**。

但是，如果珠雫不答應，史黛菈也不會接受考驗。

這場比賽對史黛菈來說，非輸即和，沒半點益處。

既然如此——

「沒問題。我不認為一個連照顧病人都做不好的浪蕩女，有辦法讓我心服口服。」

珠雫只能接受。於是她答應史黛菈的要求。

她的聲音聽來心平氣和，甚至能感受到一絲從容。

但事實上，她的內心裡——

（我果然不能將哥哥交給這種女人。）

熊熊燃起了敵意之火。

而這股敵意，正是來自於方才的光景。

這個女人竟然趁四下無人之際，打算偷吻兄長。

不可原諒——

（我絕對不會讓妳合格。）

史黛菈聞言，則是——

「妳答應了喔！竟然敢小看法米利昂皇國第二皇女，我絕對會讓妳後悔莫及！」

她的雙眸之中充滿著自信，彷彿在宣誓：自己絕對會通過考驗。

於是。以一輝為中心所引發的，〈紅蓮皇女〉與〈深海魔女〉之間的姑嫂戰爭，正式點燃戰火。

◆◇◆◇◆

在那之後，史黛菈和珠雫向有栖院道別後，兩人前往珠雫的房間。

那裡就是考驗的會場。

路上，史黛菈向珠雫問起了理所當然的質疑：

「話又說回來，妳到底是要做什麼樣的考驗啊？戰鬥嗎？」
「怎麼會是戰鬥？妳是野蠻人啊？」
珠雫傻眼地回道。史黛菈見狀，雙頰微微泛紅。
「至、至少要說我是騎士啊！」
「這次的考驗，是為了確認妳到底夠不夠資格成為哥哥的伴侶。所以我當然是要見識一下妳的家事能力啊。」
「嗄啊——等我們回到皇宮，侍女們就會幫我們打理一切了啊。」
「就算是如此，妳也不能把所有事都丟給他人。我可不會同意妳這種懶惰的女人成為哥哥的伴侶。」
「唔唔——」
史黛菈聽了珠雫這番話，臉上表現出露骨的不滿。
她不是因為生性懶惰才有所不滿。
珠雫大概無法理解。她的不滿，**是皇族特有的不滿**。
假如皇族們自己做完所有差事，等於是從皇宮的僕人手中搶走他們的工作。
這也算是相當失禮的行為。
史黛菈站在雇主的立場，現在實在提不起勁。
——但另一方面，她也能理解珠雫的主張。
身為女人，如果連最低限度的家事都做不了，實在很丟臉。

（畢竟日本漢字中的「嫁」（註3），是寫成「女」和「家」嘛。）

入境隨俗。

既然這個國家習慣在女人身上追求這些，她就照辦。

史黛菈總算整理好自己的心情，同時──兩人也抵達珠雫的房間。

「好了，現在就開始妳的考驗吧。」

珠雫這麼說，同時打開自己房間的房門。

而房間裡頭──

「嗚哇、這房間是怎麼回事……」

一眼望去，房間內慘不忍睹。書架彷彿是歷經地震，書本東倒西歪；衣物則像是衣櫃自己嘔吐一番似的，散落一地。上頭還點綴著零食、寶特瓶等等垃圾。

「珠雫和艾莉絲都是生活在這種房間裡嗎？」

史黛菈見到這副有如垃圾場般的情景，有些尷尬地問道。

「沒禮貌。這是為了史黛菈同學的考驗，我特地弄亂的。首先就讓史黛菈同學打掃這間房間，讓我見識一下妳的打掃能力。」

「妳該不會是以考驗為藉口，讓我幫妳的房間來個大掃除吧？」

「怎麼會呢？才不是這麼回事。」

註3　意指妻子。

「妳先看著我的眼睛，再說這句話啊。」

珠雫的頭徹底撇向另一邊。史黛菈見狀，確定自己是料中了。

「算了。總之，只要整理這些亂七八糟的垃圾，收拾衣服和書本，將房間打掃乾淨就好了吧？」

「是的。不過，妳不光只要將房間打掃乾淨。」

「什麼意思？」

「我要限時二十分鐘。」

「嗄、嗄啊!?妳叫我在短短二十分鐘內，把這個房間打掃乾淨嗎!?」

「沒錯。除了收拾物品、倒垃圾，還包括用吸塵器吸灰塵、拖地、擦拭等等。」

史黛菈聽完規則，重新看了看珠雫的房間。

房內髒亂得連地板都看不見。

（……不管我怎麼想，光是收拾亂七八糟的衣服和書本，就得花上二十分鐘了吧。）

「時間這麼短，根本來不及用吸塵器或是拖地嘛。」

史黛菈這麼抗議道。不過珠雫卻立刻反駁。

「這就要靠妳的能力解決這個問題了。而且打掃連小孩子都會，做到就是理所當然。若要將打掃當作是一種能力，就必須同時在上頭追求速度與品質。」

「我眼前的女人就辦不到這麼理所當然的事啊。」

「妳可以繼續在這裡廢話。我已經開始倒數計時了，勸妳最好趕快開始打掃。」

珠雫從裙子的口袋中拿出學生手冊。

螢幕上的計時程式早就設定在二十分鐘，而且已經開始計時了。

「唔！」

她知道這個國家的文化，就是強迫人以意志力完成不可能的任務。不過她沒想到會以這種形式體驗到這種文化的一角。

（這就是日本傳說中的傳統文化——受到小姑欺負的新婚妻子嗎？）

但是她已經接下這場勝負，要是在這裡退縮，可是會傷了法米利昂皇族的名聲。

「好，我就做給妳看！」

史黛菈大聲吆喝，試圖振作起精神，接著開始打掃房間。

◆◇◆◇◆

史黛菈首先整理起房內散亂的衣物及書本。

總之得先收拾這些物品，不然沒辦法使用吸塵器。

史黛菈迅速將書本按照順序放上書架，將衣物摺得整整齊齊，收進衣櫃裡。

她的動作相當迅速，而且一絲不苟。

但是——

（這樣慢吞吞地做，真的來得及嗎？）

限制時間只有二十分鐘，這是個大問題。

而且——珠雫打定主意要刷下史黛菈，所以這場考驗隱藏著珠雫的惡意。

也就是說……考驗中理所當然**設下了陷阱**。

「嗯？這是珠雫的相簿嗎？」

於是，史黛菈在打掃的途中，拿起了那本**陷阱**。

（上鉤了——）

珠雫看著史黛菈手上那本藍色封面的相簿，淡淡一笑。

「哎呀，這下糟了。我是隨便把房間弄亂的，竟然把這麼重要的東西掉在地板上，真是不小心。」

「就是說啊，兒時的相簿要小心保管喔。」

「不，那不是我的相簿，而是哥哥小學時代的相簿。」

「!?」

就在這剎那間，史黛菈的身軀彷彿觸電一般，狠狠一震。

「這是我自己拍攝、製作的相簿。裡面滿滿都是我珍藏的相片，是世界上獨一無二的重要相簿。我本來是拿來當作自己的寶物的……真是失算了。」

「一、一輝兒時的、相簿……」

「是啊。裡面有很多哥哥可愛的照片，像是小時候的他穿著運動服或泳裝的模樣，還有他露出肚臍午睡的樣子。算了，既然被妳看到了，那也沒辦法。如果妳想看，我就特別讓妳看一次。」

「我、我可以看嗎!?」

「當然，請看請看——不過我還是會繼續計時。」

「……！」

沒錯，這就是珠雫設下的陷阱。

史黛菈只認識現在的一輝。

但這也難免，畢竟當時他們還沒見過面。

而這本相簿中，放滿史黛菈所不知道的，一輝的兒時模樣。

她當然會有興趣。

倒不如說，她想看得不得了，簡直能用垂涎欲滴來形容。

但同時——這本相簿做為陷阱，也是效果超群。

「啊，如果妳不看，請別收進書架，直接還給我。這是我的寶物，我會藏到**別人找不到的地方**。」

「嗚、唔唔唔唔唔唔唔唔唔唔唔唔唔唔唔唔唔唔！」

史黛菈苦惱地呻吟著。珠雫是看穿自己的想法，才故意戲弄自己。

（唔——！珠雫這傢伙，看來她是橫了心，不想讓我通過考驗…………！）

時限只有二十分鐘，相當嚴苛。

史黛菈還有一個計策。按照這個進度，她只要使用這一招，就能二十分鐘剛好打掃完成。

現在她一秒都不能浪費，可是——

一輝兒時的運動裝模樣、泳裝照、小肚臍——

（我好想看、好想看好想看好想看！）

她的口水真的快滴下來了。

畢竟一輝並不會把自己兒時的相片帶到宿舍，她從來沒看過一輝小時候的模樣。

他會是什麼樣的小孩子？

會是個懂事又可愛的男孩？

還是臉上貼著ＯＫ繃，感覺有點淘氣？

史黛菈只是簡單想像一下，就期待不已。

不過——

（——可是！）

「妳、妳這個惡魔！」

史黛菈心中的慾望有如沸騰的岩漿一般，隨時都要爆發了。她全力壓制住心中的慾望，將相簿拋向珠雫。

珠雫靈巧地接住相簿，露出惡毒的笑容問道：

「咦？妳不看嗎？沒有下次機會囉？」

「不用了！好太太不會在打掃的時候分心！」
「可是妳的口水流得好誇張呢。」
「這是汗啦！」
看來她心中的岩漿不小心溢出來了。
史黛菈用手臂擦掉口水，再次開始打掃。
從剛剛的陷阱看來，她幾乎能確定——
珠雫是認真要打垮自己。
既然如此，自己更不能輸給她。
（我才不會讓妳稱心如意！）
叛逆心理驅使著史黛菈，她的手腳比剛才更加熟練，房間漸漸乾淨了起來。
於是，原本散亂到足以掩埋地板的書本與衣物，終於全都整理整齊了。
負責審查的珠雫見識到史黛菈的打掃技巧，不禁苦惱地低吟。
（唔嗯——她意外地挺能幹的嘛。）
只論掃除技術，史黛菈的能力和愛乾淨、擅長打掃的室友——有栖院不相上下。
珠雫印象中的史黛菈比較粗枝大葉，所以實在是出乎意料。
而且她沒有被相簿拉走注意力，這點也值得稱讚。
（不過——她果然還是沒辦法在二十分鐘內完成呢。）
「時間剩下二十秒，看來遊戲結束了。妳是成功將全部的衣物和書本歸回原位，不過像是倒垃圾、吸灰塵、拖地擦桌子等等，連動都還沒有動呢。這可沒辦法算妳過關呢。」

但這也是沒辦法的事。

珠雫詢問過擅長打掃的有栖院，打掃這個房間大概要花上多久時間。當時有栖院的回答是三十分鐘。

所以珠雫本來是想限制三十分鐘，不過——

——史黛菈的那次接吻未遂，讓她改變主意。

最近的珠雫原本有些冷靜下來了，但史黛菈的行為卻激起她的競爭意識。

這女人竟然敢擅自偷吻自己最重要的兄長，不可原諒。

只有自己可以這麼做。

於是，珠雫的不服輸，讓她多扣了十分鐘。

所以這場考驗原本就是不公正的，時間根本不夠。

史黛菈一開始就不可能合格。

「明明就還剩下二十秒啊。」

史黛菈不放棄，奔向窗邊，打算拿起立在窗邊的吸塵器。不過——

「已經沒有時間了。五、四、三、二——」

珠雫開始無情地倒數，就在這個瞬間——

（咦…………!?）

史黛菈採取了驚人的行動。

她沒有拿起窗邊的吸塵器，而是打開了窗戶。

接著──

「哈啊啊啊啊啊啊啊啊啊啊啊啊啊啊啊啊啊啊啊啊!!!!」

她突然渾身颳起蘊含火焰的焚風，瞬間席捲珠雫與有栖院的房間。

但焚風只燒掉房間內的塵埃與垃圾。

火焰將垃圾化為細小的灰燼，同時飛向窗外。

所有塵埃隨風消逝。

「呀啊!?!?!?」

同時，計時器也響起鈴聲。

史黛菈聽著鈴聲，得意地問向珠雫：

「──珠雫，如何？這間房間不要說是一絲灰塵，連一點細菌都不剩了。這樣妳就沒話說了吧？」

「唔…………！」

（她、她竟然會用火焰燒掉所有垃圾和灰塵……！太亂來了！）

珠雫頓時露出苦惱的表情，她實在沒想到還有這種絕招。

的確，只要以火焰將垃圾連同灰塵、塵蟎一起燒盡，根本不需要使用吸塵器或是擦拭。不過——

「這怎麼能算是打掃能力——」

「伐刀者的能力就如同自己的手腳，使用能力和使用手腳、吸塵器沒兩樣吧？」

「唔、唔唔…………」

她這麼一說，珠雫也無法反駁。

畢竟她沒有禁止使用能力。

珠雫沉痛反省自己的失誤，同時不甘心地點頭：「……勉、勉強算妳及格好了。」

（算了，沒關係，她只過了一關而已。）

還不算完全合格。

在這之後，還有更重要的考驗在等著史黛菈。下一場考驗，可比打掃要難上許多。

◆◇◆◇◆

「既然已經打掃完房間，我們馬上來進行下一場考驗。」

史黛菈才剛結束打掃，珠雫立刻這麼說道。真是一刻都不得閒。

「妳接下來還想叫我做什麼啊？」

「下個題目是廚藝。妻子滿懷愛情做出來的料理，是非常特別的，他人做的料理絕對無法取代。可以說是最重要的一項技能。不會做菜的女人，根本上不了檯面——沒錯，就算會打掃，也算不了什麼。打掃什麼的，只要交給侍女做就行了。」

「妳剛剛可不是這麼說的啊！」

「我聽不懂妳在說什麼。總之——廚藝是最重要的功課。所以，史黛菈同學，麻煩妳現在開始做晚餐。」

史黛菈眼見珠雫光明正大地裝傻，實在很想開口抱怨幾句，不過還是忍住了。她就算說了也沒用，更別說現在已經是晚餐時間。

史黛菈差不多也覺得餓了。

所以史黛菈轉換心情，迎接下一場考驗，這麼問道：

「沒問題，不過食材怎麼辦？」

「我已經準備好食材了，就放在冰箱裡。我也備齊調味料之類的材料，妳可以盡情使用。」

珠雫指向廚房。只見流理臺上早就排滿了各式佐料。

上頭有鹽、胡椒，以及醬油、味淋、沙拉油等等。

一般的調味料幾乎都備齊了。

「準備真是周到。妳有指定做什麼菜嗎？」

「沒有。請史黛菈同學自己從現有的食材思考菜單，這也會列進評分標準。」

(原來如此啊。)

「那我就先來確認食材好了。有肉嗎?」

「當然。」

「我看看~」

先看看她準備了什麼肉。

是雞肉?是豬肉?還是牛肉?得先確認種類,才能思考菜單組成。

所以史黛菈望向冰箱的上層。

她伸向冷凍庫,打開箱門。但是——

裡面只有一包竹輪,珍貴地供奉在冷凍庫裡。

「珠雫——!!!!」

「怎麼了?」

「什麼怎麼了!裡面只有竹輪啊!」

「那是魚肉,沒錯啊。」

「用途未免太少了!」

「相對的,我把蔬果庫塞滿了,所以沒問題。健康的飲食可是很重要的呢。」

(嗚嗚,沒有肉,我就使不上力啊。)

史黛菈的身體非常需要燃料。

而且一定要高熱量、高蛋白、高脂肪的食物,不然就會全身無力。

竟然要這樣的她做出健康的飲食。

說老實話，她碰到這種題目，真的提不起勁。

但是只有竹輪也做不了什麼料理。

史黛菈不甘心地伸手握住下方的蔬果庫。

「唔、好重。真的放了一大堆蔬菜啊。」

她稍微使勁，拉開了蔬果庫。

裡頭的確是塞得滿滿的。

不過，只有馬鈴薯。

「珠雫————————!!!!」

「怎麼了？我這不是塞滿蔬菜了嗎？」

「妳的確是塞滿了！可是只有馬鈴薯是怎樣！」

「妻子的工作，就是要在有限的食材中，思考出美味的菜單。」

「這未免太有限了！只有竹輪和馬鈴薯是能做幾道菜啦！而且有些馬鈴薯還發芽了！」

「妳竟然沒上當呢。」

「珠雫，妳以為我是白痴啊!?」

「開玩笑的。我有準備其他蔬菜，就在馬鈴薯下面。」

史黛菈挖了挖底下，便從下方挖出紅蘿蔔、洋蔥、碗豆等等。

「……妳一開始就該告訴我啊。」

「精神攻擊是可是基礎呢。」

「……我還沒開始做菜，就覺得快累死了。真是夠了。」

史黛菈面對珠雫莫名費工夫的無聊惡作劇，實在是無言以對。她拿出食材，一字排開。

「照這些材料來看，一般應該是做馬鈴薯燉肉，不過沒有肉，應該叫做**馬鈴薯燉竹輪**才對。」

佐料裡也有味噌，就決定是附上味噌湯的一菜一湯套餐。這樣珠雫應該也無話可說了。

史黛菈看了看食材，決定了菜單，便開始手腳俐落地處理食材。

她熟練地削去馬鈴薯和胡蘿蔔的皮，切成剛好能入口的大小。

珠雫見到史黛菈熟稔的動作，低聲呢喃道：

「看來妳不只是擅長砍人而已呢。」

「不要亂造謠啦。」

「妳很擅長料理嗎？」

史黛菈一聽，勾起脣角。

「我不擅長料理？妳是何時開始有這種錯覺啊？」

「妳說、什麼……」

「我身為第二皇女，出嫁等於是我的工作，所以我從小就開始進行新娘修行了。而且我最擅長的就是料理！日式、西式、中式，樣樣皆通！」

「唔……………！」

史黛菈彷彿是在證明自己的發言，沒多久就處理完蔬菜，開始調理馬鈴薯燉竹輪以及味噌湯。

史黛菈出乎意料地賢慧。珠雫不禁皺起了臉。

但是——

（我早就料到會有這樣的發展了……！）

她早就在剛剛的考驗裡，見識過史黛菈意外能幹的家事能力。

珠雫早已考慮好對策了。

「原來如此，我知道妳很擅長料理了。不過——還不夠呢。」

「什麼意思啊？」

史黛菈莫名其妙被珠雫挑毛病，不悅地皺眉。

「史黛菈同學現在這個樣子，還有不足的地方。我要請妳穿上最適合新婚妻子的制服之後，再繼續料理。」

「制服？」

「就是這個。」

珠雫說完，便拿出一樣物品。

那是附有花邊的圍裙，樣式相當可愛。
史黛菈看到圍裙，便想起自己還沒有穿上圍裙。
「啊，圍裙啊。也是，萬一弄髒制服就不好了。謝謝妳。」
史黛菈說完，正要伸手接過珠雫手上的圍裙——
珠雫卻突然抽走了圍裙。
「妳是不是誤會了什麼？」
「咦？」
「這世界上哪有新婚妻子會正常地穿上圍裙！說到新婚妻子和圍裙，就會想到『裸體圍裙』！這是常識吧！」
「嗄、嗄啊啊啊!?」
史黛菈這下也不得不放聲尖叫。
「法米利昂的新娘修行連這種常識都沒有教嗎？」
「才沒有咧!?而且我在日本根本沒聽說過有這種常識！」
史黛菈紅透了臉，噴火般地回以怒吼。
不過珠雫似乎早就預料到史黛菈的反應，冷靜地操作學生手冊，顯示出某個畫面。

Gooogle 裸體圍裙 約有 925000 件

「噗——!」

「連谷歌老師都這麼說了，這可是世界級（Global）的常識啊。」

「怎、怎麼會有這種蠢事…………!」

「就是這麼回事。連穿裸體圍裙來取悅哥哥都不肯，我是絕對不會認同這種女人的。妳如果不穿，就算妳自動失去資格。」

「嗚、唔唔唔………」

史黛菈看著遞到眼前的圍裙，表情微微抽搐。

（竟然要我只穿著一塊布站在廚房裡……這世界上居然存在這種文化……!）

史黛菈甚至對人類的罪惡感到戰慄。

前面倒還好，前面還有圍裙的布遮住。

最慘的是後面，根本毫無遮掩。

屁股肯定會被看個精光。

再加上，自己站在廚房準備料理的時候，是背對著珠雫，會完全暴露出整個背部。

堂堂法米利昂的皇女，怎麼能讓人見到這副模樣。

但是——

她已經接下了這場勝負。

她不想現在放棄。

而且料理可是史黛菈最擅長的領域，她當然想讓珠雫甘拜下風。

反正她總有一天會和珠雫起衝突，至少現在要取得優勢。

（沒錯……！一輝明明也這麼努力了！）

史黛菈想起了自己的戀人。他面對倫理委員會，始終堅持自己對史黛菈的愛——於是她下定決心。

「好啦！我穿就是了！反正都是女生，沒、沒什麼好害羞的嘛！」

◆◇◆◇◆

史黛菈憑著一口氣脫去衣服，只穿著圍裙開始料理。不過——

「〜〜〜〜！」

這副裝扮還是令她害羞得不得了。

她滿臉通紅，盡可能不要顧慮自己現在的狀況，專注地移動手腳。

另一方面，珠雫站在後方看著，自己也羞紅了臉。

（這、這比我想像中還要誇張呢。）

畢竟從珠雫的方向望去，史黛菈的背部——也就是圍裙遮不住的部位，一覽無遺。

她的體型明顯和日本人相去甚遠，臀部正得意地高高翹起。

史黛菈的屁股有如豐滿的水蜜桃一般，她每做一個動作，屁股便會隨之彈跳。
這副刺激的光景，連同性都會為之動搖。
說實話，這甚至讓珠雫心中升起些微罪惡感。
不過——
（雖然覺得有些做過頭了，但我的計畫大致上算是成功了呢。）
珠雫本來就不打算用裸體圍裙，來逼得史黛菈放棄資格。
她很清楚，這女人才不會因為這種程度的惡整，就放棄比賽。
這只是障眼法而已。
這個手段，只是為了奪取史黛菈的集中力。
事實上，史黛菈現在為了忽略自己的害羞，正忘我地擺動身軀。
她的料理手法依舊熟練，但是心是否有放在料理上，還很難說。
那麼——
（她一定會上當……）
珠雫耐心等待著。
於是，這一刻來臨了。
馬鈴薯燉竹輪的調味。
史黛菈按照燉肉的方法，同樣地加入酒、味淋、醬油、砂糖。
珠雫見到這一幕——

（上當了——！）

她已經能肯定，史黛菈的這場考驗已經失敗了。

調味完成之後，蓋上鍋蓋，燉煮五分鐘。

「好了，我雖然不太可能失誤，但還是試個味道好了。」

史黛菈此時也注意到自己的失誤了。

「～～～～～～!?!?!?!?」

史黛菈用湯杓舀起些許湯汁，含入口中。在這瞬間，史黛菈瞪大了雙眼。

超乎想像的鹹味，在舌頭上徹底爆發。

「噗！呸呸！這、這是什麼！怎、怎麼會這麼鹹!?」

史黛菈下意識坦率地質疑著，但她只能想到一個理由。

馬鈴薯燉肉這道料理，是以醬油調入鹹味，與砂糖的甜味互補。

既然嘗起來會這麼鹹，就代表——

（我該不會搞錯砂糖跟鹽巴了吧!?）

不過史黛菈馬上就否定了這點。

（不、不可能！我的確是用了標示「砂糖」的那瓶調味料！）

那到底是為什麼？

史黛菈困惑不已。而此時——

「哎呀哎呀，史黛菈同學，到底是怎麼了呢？」

她身後突然傳來珠雫的聲音。

珠雫的聲音，隱隱帶著笑意。

史黛菈頓時理解了。

（該不會是…………！）

她所使用的那瓶佐料。

瓶身上用麥克筆寫著「砂糖」。史黛菈從瓶中沾了一些，舔了舔。

「果然……妳故意把鹽巴裝進標示砂糖的瓶子裡啊。」

沒錯，並不是史黛菈弄錯。

而是瓶中的內容物一開始就裝著不同的東西。

「珠雫，妳故意換掉裡面的調味料，對吧!?」

「怎麼會呢？誤會、誤會。」

「少騙人了！」

「不、不，真的沒有這回事喔？不過，我似乎是真的搞錯了呢。可是呢……只要仔細一瞧，還是分得清砂糖和鹽巴的。只能說是妳注意力太散漫了呢。」

（這女人……）

竟然會這麼做——不，史黛菈並不會這麼想。

史黛菈很清楚，珠雫有多麼深愛一輝。

她原本就不會爽快承認史黛菈。

她不會認同自己以外的人，成為一輝的伴侶。

（如果我是珠雫，我絕對——）

那麼，她當然會做到這種地步。

事到如今，如果要讓珠雫認同她的話——

就應該承受珠雫設下的所有阻撓，得出結果，讓她無話可說！

「——珠雫，這是料理考驗。所以我只要做出好吃的東西，就行了吧？」

「這是當然。所以說……如果妳端出這道富含鹽巴和醬油的雙重衝擊，鹹得足以爆血管的馬鈴薯燉肉，我真的很難、很難讓妳合格呢。」

史黛菈聞言——

「呵呵，好。意思就是，我只要得出好結果就可以了。」

她邪邪一笑。

那麼，她還來得及亡羊補牢！

「那麼——我就這麼做！」

史黛菈拿出篩子，將鍋中的內容物全都倒進篩子裡，濾掉湯汁。

「妳濾掉湯汁，到底想做什麼？」

「哼，妳等著瞧。」

史黛菈將剩下的料放進磨缽裡，使勁搗成糊狀。

接著從冰箱裡拿出大量的馬鈴薯，以熱水燙過馬鈴薯之後，混進方才搗成的菜糊裡，繼續搗爛。

「妳、妳該不會、這是……！是可樂餅嗎？」

「沒錯，我只要把主菜改成可樂餅就好了。可樂餅大部分都是馬鈴薯，可以調淡蔬菜的鹹味。」

只要將吸收過多鹽分的馬鈴薯和其他蔬菜搗成糊狀，再混入馬鈴薯增加分量，就能分散鹽分。

史黛菈靈機一動，改變料理的種類，突破珠雫設下的陷阱。

「珠雫，妳太天真了。妳既然要加料，乾脆直接下毒就好啦。」

（竟、竟然還有這種捷徑可鑽…………！）

史黛菈的臨機應變，完全超出珠雫的想像。

雙方的能力天差地遠。這樣的事實擺在珠雫眼前，她也只能無言以對。

◆◇◆◇◆

史黛菈輕易擊潰珠雫的陰謀，將親手製作的蔬菜可樂餅定食端上餐桌。

「好了，完成了！麻煩妳快點評分吧！」

「唔、唔……」

珠雫見到史黛菈自信滿滿的神情，她不禁苦惱地呻吟出聲。

眼前的可樂餅看起來相當可口，無法想像這原本是一道失敗的馬鈴薯燉竹輪。

但即使如此——

（曾經失敗過的料理，不可能會好吃！）

「啊唔！」

珠雫這麼心想，心中抱持一絲希望，將可樂餅送進口中。

「——……嗚唔唔……」

難怪史黛菈會信心十足地端出來。這道料理的確相當美味，無可挑剔。

將過鹹的馬鈴薯和沒調味過的馬鈴薯一起搗爛、磨細，仔細混合之後，藉此分散鹽味，味道調整得剛剛好，最後重新加入砂糖。砂糖的甘甜，搭配滲進麵衣的油香，充分滿足口腹之慾。

雖然料理中沒有肉類，顯得有些不足，但那是因為珠雫只準備了竹輪，她不能拿這個當理由挑毛病。

「珠雫，看來考驗的結果出爐了嘛。」

「……」

珠雫望著得意洋洋的史黛菈，默不作聲。

經過短暫的沉默之後——

「…………還沒結束。」

她勉強擠出了這句話。

「唔？喂，妳也太不服輸了。我可是完美達成妳提出的題目了，不要耍賴啊。」
「我並不是在耍賴，這是最後一次了。最後還剩下一個最重要的考驗。」
沒錯，她並不是在耍賴。
比起打掃、廚藝——
剩下的最後一個考驗，遠比這些重要得多。
但是——史黛菈竟然能順利來到這一關。這件事讓珠雫心中滿是苦澀。
她非常痛苦。
因為……要是史黛菈在這場考驗中，給出了自己心目中的正確答案——
到那個時候，一切都塵埃落定。
她就不得不承認眼前這個女人了。
「……算了，反正我都做了這麼多事，就奉陪到最後一刻。接下來是什麼？要幫妳刷背之類的嗎？」
「不，這次的考驗一點都不難。妳只需要回答我一個問題，就可以了。」
但是，考驗只剩下最後這一個題目了。
珠雫克制住內心的苦澀——
「……史黛菈同學。」
她呼出一口氣，神情嚴肅地注視著桌子另一頭的史黛菈。
珠雫方才在考驗中展現出的表情，頂多算是有些惡劣。她現在的表情卻截然不同，嚴肅到令人生畏。這股壓迫感也讓史黛菈不自覺屏息，嚴陣以待。

「怎、怎麼了啊？妳的表情真恐怖。」

珠雫的氣勢似乎稍稍壓過史黛菈，令史黛菈顯得有些畏縮。於是——珠雫開口問道：

「妳會比我更加深愛哥哥嗎？妳會……帶給哥哥幸福嗎？」

「…………！」

（珠雫…………）

史黛菈聞言，瞪大了雙眼，啞口無言。

史黛菈很清楚，珠雫究竟多麼深愛著一輝。

這名少年心地善良，努力不懈，理應深受他人喜愛。

但是這個世界並不眷顧他。

而珠雫徹底反駁這種不合理的境況。

珠雫取代所有人，投注世上一切的愛情，給了她的哥哥——一輝。

她可以是父親，是母親，是大哥，是妹妹，是朋友——更是戀人。

史黛菈明白她的心意。

而現在，這名少女這麼問道：

——妳能比這樣的我，更深愛一輝嗎？

史黛菈當然明白，這是最為關鍵的一個提問。
她可以想像，她要是回以肯定，無比沉重的責任便會由此而生。
但是——
（…………）
史黛菈了解一切，而她的答案，只有一個。
她正襟危坐，挺起胸膛，不偏不倚地注視著珠雫嚴厲的雙眸。
「是，絕對會。」
她的語氣果斷，沒有半點遲疑，沒有絲毫猶豫，**肯定地**回答了珠雫。
而史黛菈的決心，也完全傳達給珠雫。
她的答案並非兩人平常鬥嘴時的話語。
而是堅決、值得信賴的答案。
因此，珠雫——
「——那麼，我就無話可說了。」
她彷彿從自己體內斬斷了什麼似的，闔上了雙眼——
下一秒，她露出史黛菈從未見過的燦爛笑顏：
「哥哥就麻煩妳了。」

這麼拜託著史黛菈。

於是，〈紅蓮皇女〉與〈深海魔女〉的戰鬥，就此畫下終點。

◆◇◆◇◆

最後，當天因為時間太晚，史黛菈便在珠雫的房間借宿一晚。

而現在是深夜兩點，夜深人靜之時——

史黛菈不發出任何聲音，小心翼翼地從雙層床的下段爬了出來。

「悄悄、要悄悄地——」

接著伸長脖子，偷瞄睡在上段的珠雫。

（很好，她睡得很熟……！）

她確定珠雫已經熟睡之後，小小比了個勝利手勢。

史黛菈避著珠雫，大半夜爬起來，究竟想做什麼？

她的目標，就在床底下。

（我可是看得很清楚呢。）

她將手伸到床底下，拿出藏在底下的**那個**。

那個正是史黛菈今天——應該說是昨天打掃的時候，珠雫設下的陷阱。

史黛菈的目標，正是黑鐵一輝的兒時相簿。

史黛菈一直在找機會，打算趁珠雫熟睡時偷看相簿。

「呼……呼……」

史黛菈克制自己鼓譟不已的心臟，忍著興奮，不時注意紙張摩擦的聲響，悄悄打開相簿。

相簿裡的確保存著由珠雫親手拍下，黑鐵一輝的兒時相片。而且照片的數量多到數不清。

（好、好可愛啊啊啊啊～～～～♡）

溫和的雙眸，亂翹的黑髮。

相片裡的一輝，感覺和現在幾乎一模一樣。

但是，那好似蘋果的紅潤雙頰、瘦小的手腳，處處顯露當時的稚嫩。

（討厭，他竟然露出肚子睡覺～！睡著的表情超可愛的～！）

史黛菈看著那兒童特有的柔軟小肚子，綻開了雙頰。

她笑得太過愉悅，臉上的肌肉徹底放棄抵抗，怎麼也收不起來。

但是，她可不能就這樣傻笑下去。

要欣賞，也得等回到自己的房間之後，再慢慢欣賞。

（得趁珠雫發現之前拍下照片──！）

史黛菈正打算開啟學生手冊的相機功能。但就在此時──

「……………呼。」

「!?」

雙層床那邊隱約發出了聲響。

那是珠雫的聲音。

（她該不會起床了吧!?）

史黛菈趕緊蓋起相簿，抱在側腹旁，緊張兮兮地伸長脖子，窺視珠雫的狀況。

珠雫並沒有醒來，真是萬幸。

不過──

「……唔嗚……」

「…………!」

「哥哥…………嗚、嗚嗚…………!」

緊緊閉上的眼瞼之間，湧出一滴又一滴的淚水。

她做了惡夢嗎？

不、應該不是。史黛菈這麼心想。

「…………」

她再次打開手上的相簿。

但是她的視線並不在一輝的照片上，而是在相簿本身。

仔細一看，相簿的每一張頁面，邊緣都破破爛爛的。

她一定是不停地翻看，翻了一次又一次。

對珠雫而言，一輝是無可替代的人。

不論史黛菈讓她見識自己的資格，展現了多少自己的覺悟——

她都不可能斬斷珠雫的情愫。

珠雫一直以來，耗盡了前半生，始終思念著一輝。

但即使如此，珠雫她——

『哥哥就麻煩妳了。』

她還是擠出了這句話。她這麼做，一切都是為了兄長的幸福。

所以她現在才會落淚。

渾身顫抖，彷彿身處於寒天凍地之中。

「唉…………」

史黛菈一想像珠雫當時的心情，嘆了口氣。

她心想……珠雫真的很不坦率。

◆◇◆◇◆

隔日早晨。

「好了，我的事已經辦完了。請妳趕快回去照顧哥哥。」

史黛菈剛起床沒多久，珠雫便一副驅趕蟲子的手勢，揮手要史黛菈離開房間。

從她那副大模大樣的態度，很難想像她昨晚會哭成那樣。

是因為過了一晚，她想通了嗎？

（唔，應該不可能。）

根本不可能想通。

她只是盡力逞強罷了。

史黛菈發覺這點，所以沒有開口抱怨珠雫的傲慢態度：

「好啦、好啦。我知道了。我才不想一直和小姑待在一起，根本受不了啦。」

她隨口答腔，接著站起身，打開房門。

——就在此時。

「哎呀，史黛菈，妳現在才要回去啊？」

「艾莉絲。」

有栖院因為昨晚的測驗，被珠雫趕出房間。現在正好和史黛菈碰個正著。

「測驗怎麼樣了呢？史黛菈合格了嗎？」

有栖院完全不清楚昨晚的狀況，便興沖沖地問著珠雫。

珠雫聞言，卻頓時語塞。

要她親口承認史黛菈是兄長的戀人，果然還是讓她很痛苦。

但是珠雫自己心知肚明，這只是自己的任性罷了。

所以她——

「艾莉絲，史黛菈同學的話，我——」

正當珠雫拚命想擠出話語的時候。

「艾莉絲，妳聽我說啦！真是太誇張了！」

史黛菈從旁邊開口壓過珠雫的聲音，彷彿要阻止珠雫說話似的。

史黛菈皺起眉頭，口氣有些歇斯底里地說道：

「珠雫竟然挖坑給我跳，故意把罐子裡的鹽巴和砂糖掉包了！**而且還因為這樣說我不合格，真受不了她！**」

「咦!?」

珠雫聽史黛菈這麼一說，驚訝地瞪大雙眼。

「哎呀！珠雫真是的，怎麼做了這種事呢？」

「呃、不、我的確是做了……可是我沒有——」

她並沒有說史黛菈不合格。

珠雫腦中一片混亂。

史黛菈到底在說什麼？

她把昨天發生的事，說的好像全部只是一場夢似的。

但是——

「不過，算了，隨便妳啦。妳就這麼不想承認我，還做到這種地步。反正不管妳承不承認，我都不打算放棄一輝。我乾脆一不作二不休，直接搶走一輝就是了。」

「——！」

珠雫聽見這句話，頓時驚覺。

史黛菈說謊的理由。

史黛菈的言下之意，便是如此：

反正妳就是放棄不了一輝，那就不用勉強自己放棄。

妳既然要搶，就直接放馬過來。

——而我，**不會拒絕妳**。

（……這個人真是的…………）

珠雫聽出她謊言裡的真心話，於是：

「——…………開什麼玩笑。」

她終於露出那張最有她的風格，無所畏懼的笑容。

「只有我才能讓哥哥成為世界上最幸福的人！我才不會把哥哥交給妳！」

「誰理妳，頑固的傢伙，隨便妳啦！」

史黛菈丟下這句話，掠過有栖院身旁，邁向一輝的病房。

珠雫望著她的背影——對身旁的有栖院低聲說道：

「……艾莉絲。」

「怎麼了？」

「我好像有點明白，為什麼哥哥會喜歡上那個人。」

她的聲音，隱約帶了點彆扭。

「不過……就算是這樣，我也不會承認她。」

「人家雖然不懂發生什麼事，不過妳打起精神就好。」

有栖院見珠雫取回了那抹無畏的笑容與氣勢，便回以溫和的微笑。

珠雫果然就應該是這個樣子。

史黛菈應該也在想同樣的事。

就在這天上午，沉睡不起的一輝終於醒了過來。

不過，他大概永遠都不會知道，曾經發生過這麼一件大事。

「人家有點想親親史黛菈呢。」

「你會被殺掉喔。」

「一輝的肚量才沒這麼小，他分得清愛情跟友情的差別啦。」

「不，我是說你會被史黛菈殺掉。」

「……那還是算了。」

「嗯，你放棄比較好。」

「不過…………人家從剛剛開始就覺得很奇妙。加加美，妳是從哪裡調查到這件趣聞的呢？」

「你要是再多問下去，山姆大叔會因此掛點喔。」

「會引發國際問題嗎!?」

「算了，那種危險的問題先放一邊，我們趕快接著看下去吧。」

破軍學園壁報特別版終於進展到中段啦。

接下來的故事，是學長終於從〈雷切〉戰造成的疲勞中回復過來，之後沒多久所發生的。

是大家啟程去集訓之前的故事呢。

當時學園裡發生了一點小事件，最後由學長、史黛菈以及學生會成員一起解決事件。那麼，各位請看——」

第四話

少女的騎士道

那名男孩（先將之稱為A太好了）是雙薪家庭。

所以全家三人早上一定會在同樣時間踏出家門。

這已經成了家裡的慣例。

但是，回家的時段就不同了。

父親的工作常常需要加班，母親則是要去做超市收銀台的打工。

兩人回來的時候，大多是晚上八點左右。

因此最早回到家中的人，一定是A太。

A太的學年還不需要參加社團，也沒有學習什麼課程，所以A太總是很早回家。

家裡的門禁是六點，就算他放學之後直接去朋友家玩，他還是會比雙親早到家。

A太一回到家，先去把母親早上晒在陽台上的衣物收進屋裡，接著他必須獨自一個人在二十坪左右的新居裡待上數小時，等待雙親歸來。

他的日常生活就是如此。

這一天，A太也一如往常地等著雙親回家。

這個家裡除了自己，沒有別人。

而當天正午過後，外頭就吹著強風。

就像颱風一樣，呼——呼——地猛吹著。

這陣風是冬季特有的寒風。

A太的家是兩層樓的木造建築，所以強風劇烈的聲響迴盪在家中，特別響亮。

這陣聲響——有如巨大猛獸的低吼。

呼嘯聲彷彿附著荒漠的寒冷，毫不間斷。風聲勾起男孩的想像，莫名撩動他的心，男孩漸漸不安了起來。

他明明很習慣看家了。

這間房子裡現在只有自己一個人。他突然因此感到害怕。

彷彿有隻可怕的怪物，一邊低吼，一邊在房子的牆外四處徘徊。

然後怪物搖晃著窗戶，發出「喀噠喀噠」的聲響。牠似乎是相中了自己，打算闖進家中。

不安禁錮了A太的心。

但不論他再怎麼害怕，雙親都還在工作。

他不能任性地說自己好怕風聲，要他們快點回家。

A太的年紀已經能分辨是非，而且他雖然年紀小，但依舊是個「男人」。

他怎麼能說這麼沒用的話，太丟臉了。

所以男孩躲進自己位在二樓的房間裡，寫起了作業，試圖忽略自己的不安。

他感覺時間的流逝，彷彿比平常還要慢了幾倍。於是，過了數小時之後——

喀嚓喀嚓、嘰嘰……

樓下傳來鑰匙打開大門的聲響，以及——

「我回來了。」

母親的聲音。

A太聽見母親的聲音，原本壓迫全身的不安，頓時消失無蹤。

此時他才發現，外頭已經聽不見寒風大肆呼嘯的聲響。

A太害怕的事物全都消失了。

他的腳步輕快地走出二樓的房間，奔下階梯，前去迎接母親。

當他走到一樓，赫然發現廚房的燈還開著。

是母親打開的嗎？

他的母親在超市做收銀工作，回家的時間一定會超過晚餐時間，所以母親回家之後，總是直接走進廚房煮飯。

A太邁開步伐，打算到廚房看看母親的臉。

嘟嘟嘟嘟嘟——嘟嘟嘟嘟嘟——

前往廚房的途中，放在走廊的電話機突然響了起來，拉住了他的腳步。

他覺得有些煩躁。

他現在想盡快將胸中的安心感化為現實。

但是，他若是放著電話不管，會被母親責備。

因此A太心不甘情不願地拿起話筒——

「你好，這裡是○○——」

他以鑰匙兒童慣有的口氣，確認電話另一端的人的身分。

『小A嗎？我是媽媽，外面下雨了，你可以幫媽媽帶把傘來超市嗎？』

「不要啊啊啊啊啊啊啊啊啊啊啊啊啊啊啊啊啊!!!!」

◆◇◆◇◆

狹窄的學生會室裡，只有微弱的燭火照亮著室內。

史黛菈高亢的慘叫聲響遍整間房間。

負責說故事的破軍學園副會長・御祓泡沫見自己的聲音被蓋過去，一臉困擾地向史黛菈抱怨。

「不要在故事高潮之前就尖叫嘛……講故事的人會很傷心的。」

「可、可可可、可是！電話裡的人說自己是媽媽！那剛剛在廚房裡的那傢伙是誰啊!?還發出媽媽的聲音！這故事太恐怖了啦～！」

史黛菈坐在一輝身旁，眼角泛淚，渾身發抖，還緊緊抱著一輝的手臂。

刀華來到史黛菈身邊坐下。她同樣是一臉慘綠。

「史黛菈同學，沒、沒問題的。搞不好電話裡的人才是假貨——」

她顫抖著雙唇，說出樂觀的解釋。不過——

「順帶一提，從那天開始，A太就失去蹤影，至今下落不明。」

泡沫幽幽地說道。而他刻意發出詭異的聲音，「『呀啊————！』」嚇得兩人抱在一起，放聲尖叫。

一輝從旁望著兩人，面露苦笑。

（假如從那天開始，那個叫做A太的人就下落不明，那副會長根本不可能知道這個故事啊。）

兩人似乎慌亂過頭，完全沒發覺這點。

接下來——

就來解釋一下，他們把學生會室弄得一片漆黑，到底在做些什麼。

不久前，破軍學園的七星劍武祭代表選拔戰以刀華與一輝的比賽為結尾，選拔戰正式結束。

閉幕式以及選手團團長之間的校旗交託儀式結束後，第一學期的校內例行事項已經大致上完成了。

同一時間，包括奧多摩集訓場事件，學生會內關於代表選拔戰的所有雜務也告一段落。

因此副會長泡沫計畫了一場小小的慰勞會。

所有人聚集在學生會室裡吃吃喝喝，同時舉行會讓人背脊一涼的鬼故事大會，一起涼快地度過漸漸炎熱的夏日時光。而一輝和史黛菈兩人在奧多摩事件時，幫了學生會不少忙，所以也被找來聚會——才演變成現在這個樣子。

（話又說回來——）

「……真令人意外啊。史黛菈竟然會害怕這類故事。」

一輝不知道史黛菈會害怕怪談、鬼故事。

「之前說要去奧多摩的集訓場找巨人的時候，妳一副興致勃勃的樣子，我還以為妳很喜歡這類超自然話題呢。」

不過，史黛菈平時性格好強。

現在卻是一副柔弱女孩的模樣，也令一輝莞爾——

「巨人揍得到，可是幽靈揍不到啊……！」

「…………啊、嗯。原來如此，我非常能夠理解。」

一輝也很喜歡如此勇猛的史黛菈，所以完全沒問題。

「那接下來輪到彼方了。」

泡沫說完故事之後，便將面前裝著蠟燭的小碟子，滑向坐在身旁的學生會會計・貴德原彼方面前。

她就是下一個講者。

「彼方學姊！麻煩妳來個讓人發顫的故事喔！」

「好的，交給我吧。」

學生會庶務・兔丸戀戀這麼說道。彼方向她點了點頭，重新坐正姿勢。

刀華和史黛菈見到她的舉動，吞了吞口水。

不過這兩個人明明尖叫得一次比一次大聲，卻表現得比在場的其他人都還要期待。

實際上，強大如兩人，實在沒什麼機會體驗到「恐怖」的情緒。

腦袋的某個部位不常受到刺激，所以現在顯得更加飢渴。

而彼方面對兩人專心的視線，則是露出優雅的笑容：

「——話雖這麼說，我其實不太清楚怪談一類的故事，所以我準備了一樣東西。」

桌子上四散著眾人吃完外送披薩的殘骸。彼方將一片板狀物滑向桌面。

那是尺寸稍大的平板電腦。

彼方纖細的手指觸動液晶螢幕上的圖示，開啟影片播放器。

液晶顯示出來的——是疑似病房的房間，小夜燈微弱的光亮照亮著房內。

以隔簾隔開的病床，以及立在房間角落的人體模型。

一輝對這個房間的設計有印象。

「這是學校的保健室吧。」

「彼方，這是什麼影片啊？」

「這是前不久理事長交給我的，似乎是保健室的監視器影片。先請各位看完這段影片，我再跟各位說明詳情，這樣會比較快。」

所有人聽完彼方的說明，便一起聚焦在平板電腦上。

不過，影片只是一直顯示空無一人的保健室。

也就是說，接下來會出現什麼變化嗎？

「該不會是人體模型會自己走路之類的？」

「史黛菈的想像還真是老套呢。」

「搞不好是拍到學生們在保健室裡做健康教育的自習喔！」

「副會長，那就不稱『怪談』，而是『猥談』。」

「而且，要是拿那種東西來學生會室，我會很困擾的。」

學生會書記・碎城雷和刀華一起吐槽了泡沫。

彼方看了看眾人，依舊優雅一笑。

「呵呵，會長，請放心。這不是什麼奇怪的影片。」

於是——

「……啊、差不多要開始了。」

她望著平板電腦，這麼低語道。

緊接著，就如彼方所言——

「咦!?」

影片原本有如圖畫一般，映著夜深人靜的保健室，此時突然有了動靜。

喀噠、喀噠喀噠——

桌子、病床、椅子、藥品櫃，所有東西突然自己微微震動了起來。

接著就在剎那之間，物品的震動轉為激烈。

桌子彷彿抬起桌腳跳動；病床則是將枕頭和被單甩下地板；椅子靠著椅腳的滑輪，在保健室之中來回奔馳；藥品櫃彷彿在大笑一般，抽屜與玻璃門開開闔闔，開始將裡頭的物品灑向地板。

「這、這這這這是什麼……!?地震嗎!?」

「那就奇怪了。如果是地震，應該連影片本身都會晃動。」

正如一輝所言，保健室雖然像是遭逢大地震，**影片本身的輪廓**卻沒有震動。

也就是說，設置監視器的建築物本身並沒有在晃動。

「那、那這究竟是——」

史黛菈臉色發青。就在這個瞬間，影片播出了更加衝擊性的畫面。

保健室的眾多備品本來還像是地震來襲似的，不停震動，此時卻突然全部浮在空中。

接著，備品開始在保健室內大肆飛舞，椅子擊碎日光燈，病床撞毀了窗戶。

「這…………」

這番超自然景象，顯然不可能自然發生。

一輝也不禁倒抽一口氣，啞口無言。

下個瞬間，影片突然陷入漆黑之中。

監視器壞了嗎？

——一輝等人腦中閃過這個想法，但他們馬上就知道並非如此。

因為那片漆黑……竟然眨了眼。

沒錯，顯示在影片中的物體睜得老大，彷彿在責怪一輝等人偷窺這副景象——

——那是一顆大得詭異的黑色眼球。

「「呀啊啊啊啊～～～～～～～～～～～～～～～～～～～～～～～～～～～～～～～～～～～～!!!!」」

刀華與史黛菈演唱了尖叫二重唱的同時，影片突然化為一堆雜訊。

「監視器壞掉了，所以影片就到這裡中斷。」

「彼、彼彼彼、彼方!?這、這這這、這是、這到底是……」

刀華聲音僵硬地問道。但是彼方卻搖了搖頭。

「不知道。」

「咦？」

「這段影片是十天前拍下的。從那天開始，幾乎每天深夜，學園內都發生了和這段影片相同的狀況。桌子從某處飛出來，或是窗戶自己碎掉。老師們也四處調查，但最後還是不知道發生了什麼事。」

這似乎不是彼方自己設計好的影片，是真正的現場影片。而事件就發生這所學園裡。

當彼方告知這項事實後，在場所有人的神情明顯緊繃了起來。

當然了。這個事件搞不好現在就發生在隔壁。

這可不能當作單純的鬼故事。

「如果只是騷靈現象，犯人可能是擁有念力系（Psychokinesis）能力的學生……不過都已經驚動到老師們了，應該早就調查過這條線索了吧？」

一輝這麼一問，彼方微微點頭。

「是的。不過校內擁有『念力系』伐刀絕技（Noble Arts）的學生，似乎都不是犯人。」

史黛菈聞言，用力地吞了口口水。

「那、那該不會真的是幽靈搞的鬼？」

「又或者是，可能有校方尚未發現的入侵者在伺機作怪。」

從某方面來說，彼方提出的可能性，或許比幽靈更加惡質。

「不過，彼方，妳怎麼會有這段影片啊？」

「事實上，今天我告訴理事長，我們今天要在學生會舉行怪談之夜後，理事長說：『比起虛構的故事，實際發生的恐怖事件比較有趣吧。順便麻煩你們找出這段影片的犯人。』然後理事長就提供了這段影片，她真是個好人。」

彼方一邊說，一邊淡淡地微笑。

她似乎打從心底感謝理事長提供題材。

但其他學生會成員卻是一臉不情願。

「……完全是趁隙將瑣事託予吾等啊。」

「太骯髒了。老太婆的手段好骯髒。」

「老女人的手段都很骯髒。源氏物語也這麼寫過。」

「兔丸同學，御祓副會長……學生會室裡應該也有監視器喔。」

「「———!?!?」」

兩人聽見一輝這麼強調，頓時僵在原地。不過為時已晚。

「這的確只是瑣事，但是大家一起在深夜的校舍裡，搜索騷靈現象的犯人，就像試膽大會一樣，感覺很有趣呢。大家要不要試試看呢？」

彼方在黑暗之中望向眾人。

「也好……我參加。」

一輝率先同意了彼方的提議。

彼方特地準備了這樣的企劃來娛樂大家，一輝不想浪費她的一番心意。而且他身為學園的一員，校內若是出現可疑人士，他也不能坐視不管。明明知道發生了這樣的事件，他可沒辦法只交給學生會去處理。這麼做未免太不負責任。

不過──一輝看了身旁的史黛菈，對她說道：

「史黛菈如果真的很害怕，不用勉強自己參加喔？」

自己爽快地答應參加，反而製造出讓人不好拒絕的氣氛，史黛菈未免太可憐了。

所以一輝也不忘幫她一把。

從一輝的貼心舉止，就能充分了解他的性格。

而史黛菈像是鬆了口氣，馬上順水推舟接受一輝的好意。

「說、說得也是。那我就和刀華學姊一起留在這邊，等大家回來好了。」

不過──

「不，我、我要參加。」

刀華明明和史黛菈一樣膽小，卻意外地婉拒了一輝的好意。

「就像黑鐵同學說的，身為學園的學生，不能對這種問題坐視不管。我是學生會長，更應該加入這次搜索！」

刀華渾身顫抖，卻還是緊咬雙唇，努力展現自己的幹勁。

她似乎是以使命感壓制住恐懼。

刀華責任心很重，很像是她的作風。

而在刀華之後──

「我當然也會參加。犯人一定是躲在警衛室、警衛室、或是警衛室！我的第六感這麼告訴我的。」

「副會長，真巧啊！我也覺得警衛室很可疑。」

「汝等的意圖已是如同司馬昭之心一般啊。」

「吵死啦——！那你又想怎麼做？」

「吾既為學生會成員，豈能獨留？」

學生會的成員一一示意參加彼方的企劃。

結果——

「所以只有史黛菈同學留守嗎？」

「唔耶？」

不知何時，只剩下史黛菈一個人留守。

「幽靈搞不好就在學校裡四處徘徊，而史黛菈同學要一**個人**留守學生會室嗎？一**個人**單獨待在空無一人又黑漆漆的學生會室裡，簡直就像驚悚電影裡的第一名犧牲者，一**個人**孤單地——」

「我、我還是同行好了！身為破軍學園的學生，不能棄四不管嘛！」

彼方的語氣彷彿特意加深史黛菈的不安，最後史黛菈只能神情繃緊，口齒不清地答應參加。

一輝擔心地對史黛菈說道：

「史黛菈，妳真的不要勉強喔？不然我也陪妳留守好了。」

不過史黛菈搖頭否決了一輝的提議。

「沒、沒問題！反、反正根本不會有幽靈嘛！一、一點都不科學……肯定是某人的惡作劇啦！看我把他抓出來，狠狠教訓一頓！」

史黛菈硬是打起精神，堅決地說道。彼方則是滿意地微微一笑，笑容中隱約藏著一絲淘氣。

「呵呵，這才像是〈紅蓮皇女〉呢。」

於是，一輝等人為了尋找騷靈現象的犯人，開始搜索深夜的校舍，順便進行試膽大會。

◆◇◆◇◆

雖說是在半夜搜索校園，但是破軍學園的校舍太過廣大。

若要一群人一起探索，恐怕會花上不少時間。

更別說——

『既然是順便試膽，太多人一起行動就沒意思啦。』

泡沫提出了這樣的建議，於是一輝等人抽籤，分成三組分開搜索。

而根據抽籤的結果，一輝和意外的人物組成了一組。

時間是晚上十點。

不只是學生，大部分教師們除非有什麼大事，不然都不會在總校舍待到這個時間。

校舍如同沉入深海一般，寂靜無聲，只聽得到自己與**她**的腳步聲。

一輝的視線彷彿被什麼吸引住，往聲響的方向望去。

身材修長的少女身穿純白禮服，頭戴寬簷帽，走在他的身旁。

那是貴德原彼方。

「…………」

「…………」

兩人走在深夜的校舍內，毫無對話。

不、倒不如說是──

（……不知道該和她聊什麼好。）

如果是和泡沫或碎城搭檔，同性之間多少還有些話題。

假如是戀戀、刀華，一輝親自和她們交手過，比較容易相處。

史黛菈的話，更是不可能缺乏話題。

他們即使不聊天，與她相處的每一刻依舊相當愉快。

但是學生會成員之中，只有彼方和一輝沒什麼交集。

一輝生來就不善交際。對他來說，這對象的難度太高了。

再加上，她的氣質更讓人難以搭話。

她恬靜優雅，彷彿一名貴婦人，令人無法相信她只大一輝一歲。

拿史黛菈做個有點失禮的比較。彼方恐怕比身為皇女的史黛菈還要優雅數倍，比她更有上流社會的感覺。

事實上，貴德原家的確是日本國內代表性的資產家。他們以貴德原財團的名號，在世界各地進行慈善活動，多有貢獻。而她正是貴德原家的千金。一輝雖然也是出身名門，但是他礙於特殊的成長歷程，無緣進入社交界，所以一輝實在招架不住彼方身上的氣息，這也是無可奈何的。

不過……

「…………」

一輝對於身為騎士的貴德原彼方，還是相當有興趣。

她不但出身自日本首屈一指的資產家，更是破軍學園校內排行第二的騎士。她與〈雷切〉齊名，是少數歷經各式各樣的〈特別徵召〉，累積足夠實戰經驗的學生騎士。

更何況，一輝現在仍然記憶猶新。

他和彼方初次交談的那一天。

一輝當時從她身上感受到一股異常狂暴的氣息，甚至讓他產生錯覺，誤以為彼方渾身血染白衣。

而彼方和自己同為七星劍武祭代表生。

那麼，兩人必定會在全國性的戰場上相遇。

一輝很在意。

她究竟是個什麼樣的人？

她注重什麼？她擁有什麼樣的騎士道（動機）？

一輝是以洞察敵人為重，所以他對這些更是感興趣。

假如他錯過這個機會，恐怕再也沒有機會如此接近彼方。

「————」

這實在太可惜了。

所以一輝下定決心，試著接觸彼方。

不過——

「仔細一想，我還是第一次和黑鐵單獨待在一起呢。」

正當一輝打算主動開口，彼方搶先一步搭話。

而她說出的話，正好和一輝想說的一樣，只是試著跟對方找話題。

他或許不小心讓彼方覺得尷尬了。

「……不好意思，我實在不擅長找話題。」

「沒關係。一邊試膽一邊談笑風生，感覺也很奇怪呢。」

彼方似乎不太在意，脣角浮現優雅的笑容，看起來非常適合她。

不過這抹笑容只出現短短一瞬間。

她的神情立刻轉為嚴肅，放低音量：

「不過呢，我其實從之前就很想問黑鐵同學一件事。現在提起這個問題，或許有些不合時宜，你願意聽聽看嗎？」

她的發言相當出人意料。

（貴德原學姊竟然有事想問我？）

究竟是什麼事？

她該不會也對身為騎士的自己感興趣？

一輝也不知道自己和彼方之間還能有什麼共同話題。

假如她也恰巧想和一輝提起一樣的話題，

那麼，一輝沒理由拒絕她，也沒理由隱瞞她。

「當然，只要是我能回答的，您儘管問。」

因此一輝爽快地點頭答應。

「非常謝謝你。那我就不客氣了──」

於是，彼方得到一輝的首肯後，開口說出她一直很想請教的問題。

「黑鐵同學……請問，接吻的感覺舒服嗎？」

「…………呃？」

◆◇◆◇◆

一輝聽見預料之外的問題，一瞬間停止了思考。
「呃、那個……這就是、您想問的問題嗎？」
「是的。」
一輝這麼回問。彼方則是用力地點了點頭。
接著，她羞紅了雙頰，雙手的手指放在胸前，互相戳來戳去——
「這麼說有點不好意思，我並沒有和男性交往的經驗。不過……我對接吻……倒是有點興趣。黑鐵同學和史黛菈同學是情侶，所以我想你們可能會知道，就想問問你們……」
彼方從帽簷深處偷偷地注視一輝。
「原、原來如此……」
她的視線中除了嚴肅，還隱含某種期待。
看來她似乎是認真的。
一輝沒想到彼方外表看起來成熟，卻提出了這種疑問。
而且她的舉止還如此孩子氣。
一輝太大意了，所以現在顯得有些動搖。
不過自己和史黛菈的情侶關係，早已眾所皆知。

這也不是什麼需要隱瞞的事。於是一輝老實回答了彼方。

「這樣啊……若要說接吻舒不舒服，當然算是、舒服吧……但也要吻得成功就是了。」

「接吻也會不成功嗎？」

「還不太習慣的時候，那個、會不小心撞到牙齒。」

「哎呀哎呀……」

一輝說得語重心長，看來似乎是有過這種經驗了。

她或許想像了一輝和史黛菈接吻失敗的畫面。

彼方愉快地笑了笑。

「但是如果成功了，就會覺得很舒服，是嗎？」

「是啊。這畢竟是一種很重要的愛情表現……心裡也會覺得踏實。」

「說到愛情表現，接吻和牽手、擁抱之類的行為，有什麼不同嗎？」

「就行為的方向上來說，應該是差不多。可是在感覺上，接吻大概會再高上一階。」

「也就是說，接吻是特上呢。」

「這麼說感覺像是在說壽司……總之大概就是這麼回事。接吻比起牽手、擁抱，會更能感受到強烈的幸福感。所以接吻的魅力，或該說是舒服的感覺，會遠遠超越那些行為。」

一輝微微臉紅，同時回答彼方自己認為的答案。他似乎覺得自己彷彿在大談接吻的優點，因而感到害羞。

「原來是這麼回事……」

不過——

「對了，黑鐵同學可以具體說明一下，你和史黛菈同學接吻的時候，大概是感受到什麼樣的幸福感呢？」

「具、具體嗎!?」

彼方竟然詢問得更加深入，而且著眼點更加出人意表。她的表情滿載好奇心與期待，感覺就像個純粹的少女。

「那個……我一定要回答嗎？」

「如果你能回答的話，麻煩你了。」

「嗚、唔唔……」

自己剛才親口答應彼方，能回答的會盡量回答。以一輝認真過頭的性格來看，他不可能現在反悔。

所以他只能一邊回想自己和史黛菈接吻時的感受，一邊拼湊著話語。

「總、總之……就是、從兩人接觸的嘴唇能感受到對方的體溫……或是觸感、覺得很舒服、很喜歡對方。而且史黛菈像幼犬一樣向我索吻，那個模樣、真的很可愛……會單純覺得，有一個女孩願意像這樣渴望著自己，真的很、那個、很幸福……很想好好珍惜對方……」

（我、我到底在說什麼？）

一輝害羞過頭，腦袋像是煮糊了似的，越來越搞不清楚自己說了什麼。

不過滿臉通紅的人，不只是一輝。

彼方在旁邊聽著，不禁眼眶溼潤，羞紅了雙頰。

「只、只是聽你敘述，就覺得好害臊呢。」

「那就不要讓我說出口啊。」

一輝忍不住出口抱怨。

彼方似乎是想蒙混過關，露出淺淺的微笑，小聲說了聲：「不好意思。」接著馬上閉上雙眼，彷彿在幻想什麼，低聲呢喃道：

「不過託你的福，我也明白了。接吻就和我想像中一樣，相當美好呢……真好啊。我也希望有一天，能像黑鐵同學和史黛菈同學那樣，幸福地接一次吻呢。」

「～～～～！總、總之，我能回答的就只有這些了。我、我們趕快繼續找幽靈吧。我們要是一直站在這裡聊天，不知道要多久才能結束……！」

一輝聽見彼方把自己拿出來舉例，他的臉簡直要噴火了。

一輝忍不住加快腳步。

接著——

『咦、咦咦～？史黛菈同學真是的，剛剛不是說好要一起走進去嗎？為什麼默默地跑到我的後面呢～？』

『呃～我只是覺得、應該要長幼有序才對。而且刀華學姊比我大，我還是要尊敬妳一下嘛。所以我應該走在妳身後一步，這樣比較有禮貌啊～……』

兩人正好在轉角處，發現了史黛菈和刀華這組的身影。

◆◇◆◇◆

『不、不，妳不需要這麼謙虛喔。史黛菈同學可是A級騎士，這時候應該讓妳堂堂正正地走進去。大部分的神祕現象，都是電漿或是戈○哥姆搞的鬼。我的能力是雷，從後方戒備可能的奇襲，比較能幫得上忙。前方就交由攻擊力優越的史黛菈同學了。沒問題，我已經以電磁波代替聲納探測過裡面了，裡頭沒有人類！』

『既然妳已經確認過了，就不用進去了吧！』

『不、不行啦，還是得好好調查。萬一真的有幽靈的話……』

『那妳剛剛還說沒問題！真的有的話，問題就大了啦！而、而且妳說要在後方戒備奇襲，其實是想拿我當盾牌吧!?』

『史黛菈同學還不是一樣！如果裡面真的有幽靈，妳就打算丟下我逃跑對吧!?』

『怎、怎麼會呢？我才不會啦。』

『妳說謊！剛剛妳全身的肌肉都因為動搖而僵硬了。這種小把戲，可騙不過我的〈閃理眼〉(Reverse Site)！』

『唔唔唔……這能力真麻煩……』

轉角持續傳來諸如此類的對話。

兩人就在廁所面前，不斷在原地轉來轉去，看起來就像小狗在追著自己的尾巴。

看來她們是想檢查廁所，卻開始爭論誰該第一個進去。

（她們似乎是真的很害怕啊……）

就這樣看著兩人雖然很有趣，但這麼做未免太惡劣了。

乾脆現在就和她們會合，緩和她們的不安好了。

一輝這麼心想，打算出聲叫住兩人。不過──

「喂──唔唔!?」

彼方突然從後面摀住一輝的嘴。

一輝往後一看，彼方露出有些生氣的表情──

「噓──！」

要求一輝保持沉默。

「噗哈……貴德原學姊，怎麼了啊？」

「黑鐵同學，這樣不行喔。怎麼能這麼普通地叫住她們呢。」

彼方小心不讓兩人聽見，壓低聲音抱怨道。

「為、為什麼不行？」

「我們現在是在試膽，如果像平常一樣叫住她們，感覺太無聊了。這時候應該要嚇嚇她們才是。不，我身為這次企劃的主辦，應該要好好嚇唬她們，才算是盡了我的義務。」

「呃、咦咦～可是她們已經怕成那樣了，這麼做不太好吧。」

「沒問題的。假設史黛菈同學和刀華真的很害怕鬼怪或鬼故事，她們本來就不會參加今天的企劃。畢竟這次的企劃主軸可是『大家一起嚇得發抖』呢。」

「話、話是這麼說沒錯……」

「女孩子嘴巴上說好可怕，實際上她們還是很喜歡跑去鬼屋，或是看一些灑滿鮮血的驚悚電影，然後大家一起嚇得放聲大叫。也就是說，那兩個人現在正在享受試膽大會的醍醐味，不可以打擾她們。」

「是這個樣子嗎……」

的確，今天的聚會主題是「怪談」，彼方的說法也算是言之有理。

恐怖的故事，就是要讓人覺得害怕才有意義。

就如同彼方所說，如果他現在主動叫住兩人，也只是多管閒事，反而會掃了兩人的興。

於是一輝改變主意，先放棄與兩人會合。

不過——

「可是我們要怎麼嚇她們呢？從她們後面大喊嗎？」

一輝這麼問道。彼方則是露出不懷好意的笑容：

「嘻嘻……一切就交給我這個主辦人就好。」

◆◇◆◇◆

「史、史黛菈同學，妳還不死心啊……唔、唔唔……」

「那、那是當然了……我才不要當第一個，別開玩笑啦。唔噗……」

在那之後，兩人在原地來回爭執了三分鐘左右，雙方始終互不相讓。不過到最後，兩人同時受不了，停了下來。

因為她們轉來轉去，轉過了頭，開始覺得反胃了。

她們現在也沒力氣繼續這場沒意義的爭論。

最後——年長的刀華提出一個提案。

「我、我知道了。不然這麼做好了。我們兩個人現在就從這裡往廁所喊：『幽靈在裡面嗎——？』如果沒有回應，我們就當作這邊沒有幽靈好了。」

「刀華學姊，真是個好主意！就這麼辦吧！」

這個主意其實一點也不好。但委靡不振的兩人全力忽略了合理性。

於是，兩人面向漆黑一片的廁所，齊聲開口問道：

「「幽靈大人，你在不在裡面——？」」

——不過，這世界上本來就不存在幽靈，實在太不科學了。

而且刀華已經以電磁波確認過裡面沒有人類，廁所裡當然是一個人都沒有。

所以——

『我不在裡面喔～……』

竟然有回應。

「…………」

「………………………………」

兩人的瞳孔瞬間瞪大，額頭浮現汗珠。

「……它、它說它不在裡面耶。」

「是、是啊。啊——太好了……如果真的在裡面，我真的不知道該怎麼辦呢。」

「就、就是說啊。我雖然很喜歡鬼故事，但若是真的碰上幽靈，我可笑不出來啊……」

「的、的確是這麼回事呢。啊、啊哈哈…………」

喀噠喀噠喀噠喀噠。

兩人膝蓋發抖，面無血色，臉色發青。

這也難怪。

剛才確實發生了無法解釋的異狀。

兩人實在無法忽視這種超越常理的狀況——

「不、不過啊……裡面明明沒有幽靈，我卻聽見回應了………」

「我也聽到了………**從背後傳來的**。」

「……那、那是、誰的聲音啊………」

「一、一定是我們說話的回音碰上漫反射之類的現象，因為各種原因扭曲了聲音，才會聽起來像是回應啦！」

「原、原來如此，因為各種原因啊！」

「沒錯！幽靈什麼的一點都不科學。比起幽靈，這種說法還比較有實感！所以……我們就數一、二、三，一起回頭看吧！」

「……我、我知道了。那就開始倒數囉——一、二、三！」

於是，兩人下定決心，打好暗號後，一起望向自己的背後。

而兩人的身後——

——只有空無一人的走廊，以及一排排窗戶，窗戶還映著外頭漆黑景象。

根本沒看見幽靈。

這是當然的，因為——

「什、什麼嘛。果然只是回音——」

一名白衣黑髮的女幽靈，正站在兩人窗戶上的倒影後方。

『我現在、進來了………』

「「嘎啊啊啊啊啊～～～～～～～～～～～～～～～～～～～～～～！！！！！！」」

史黛菈和刀華兩人瞬間放聲慘叫，聲音宛如待宰的鬥雞。接著兩人以迅雷不及掩耳的速度，飛也似地逃出校舍。

接著，兩人離去之後，走廊上——

「噗、嘻嘻——啊哈哈哈！」

迴盪著幽靈捧腹大笑的聲響。

「她們兩個也、叫、叫得太大聲了！明明是女孩子，還嘎啊啊的叫、啊哈哈哈！」

黑髮幽靈一邊大笑，一邊抓住自己的頭髮。

頭髮被她輕輕拉了下來。

黑髮底下，展現出色澤亮麗的金髮（Blonde），在漆黑當中顯得特別白皙、耀眼。

幽靈的真實身分，正是戴著假髮的彼方。

她站在兩人的死角——走廊的轉角處，戴上假髮，同時使用自己的能力——星塵之劍（Diamond Dust），自由操縱肉眼無法辨識的刀刃碎片，將碎片散布在空氣之中。接著利用刀刃表面的漫反射，將自己的身影投射在兩人身後的空間上，做出自己站在兩人身後的錯覺。

「……您該不會是為了嚇人，才特地準備假髮吧？」

「當然。難得才有一次試膽大會，我身為主辦，當然想讓大家樂在其中呢。而且……我自己也想好好享受一番。呵呵、啊哈哈哈。」

一輝聽完這番話，頓時理解當時在學生會室裡，彼方為什麼拐彎抹角地說些不懷好意的發言，把史黛菈捲進試膽大會裡。

她其實是想嚇嚇刀華或史黛菈，以便欣賞她們的反應。

她還特地準備了小道具。

（真、真惡劣啊。）

她如此準備周到，反而讓人生不起氣來。

（話又說回來……）

一輝覺得很意外。

沒想到彼方的性格會這麼惡劣——不，應該說她竟然會有這麼淘氣的一面。

她剛才詢問關於接吻的事，臉上的表情也是如此。

她平常總是給人成熟穩重的印象，與現在的她簡直判若兩人。

一輝再次深刻體會到，若要了解一個人，果然應該深入接觸一陣子，才能了解他真正的樣貌。

「啊——肚子好痛……咦？黑鐵同學，怎麼了？我的臉上有什麼東西嗎？」

「啊、不，並不是這麼回事……」

「『你以為我的個性應該更穩重一點』——是嗎？」

「呃。」

彼方完全說中自己的想法，一輝不禁有些動搖。

彼方也沒有錯過一輝的反應。

一切似乎正如她所想。她立刻露出得意的表情：

「呵呵，我說中了呢。」

「我表現得這麼明顯嗎？」

「不，只是周遭的人經常這樣誤會我呢。或許是家裡從小養成的言行舉止，以及這副身高的關係。小部分人還以腥紅淑女（Scharlach Frau）來稱呼我——不過，我其實一點也不淑女呢。我最喜歡惡作劇了，以前還常常和泡沫一起到處搗蛋呢。」

「您說惡作劇嗎？」

「比如說把冰箱裡的烏龍茶，換成素麵醬汁。」

「好、好無聊！可是好惡劣啊！」

「所以我們常常一起被刀華打屁股呢。刀華的巴掌很痛喔。」

彼方說起往事，開心地笑著。一輝看著這樣的她，這才明白了一件事。

他見到異於往常的彼方，的確是吃了一驚。不過彼方優雅的身段與氣質，只是平時養成的習慣，她真正的性格其實相當**頑皮**。

難怪她嚇唬人的手段會如此精湛。

（而且她並非一開始就投影在史黛菈他們身後，中間還停了一拍，還真是熟練啊。）

想必她應該做過不少類似的惡作劇。

又或者是，她這次的手法已經醞釀好一陣子了。

「真意外呢。御祓副會長還比較容易讓我想像出那種景象。」

「呵呵……你覺得很失望嗎？我竟然這麼孩子氣。」

「不、不會。倒不如說……您這個樣子感覺比較好相處。」

一輝老實回答道。彼方則是開心地彎起脣角。

「那真是太好了。我大概只能再和大家相處一年左右而已，所以我希望能和大家開心又融洽地度過剩下的時間。」

「啊，這樣啊。貴德原學姊已經三年級了，明年就要畢業了呢。」

「是啊，這也是原因之一。不過……」

彼方的音調此時突然一沉——

「其實，我一畢業，就要準備結婚了。」

她這麼說道。

「結、結婚嗎……？」

一輝聽見彼方預料之外的發言，吃了一驚。不過就在同時——

（……奇怪？）

他也察覺了異狀。

「您剛才不是說，您從未和男性交往過？」

沒錯，她剛才的確是這麼說的。而面對一輝的質疑——

「是的，我的確沒有經驗。」

彼方回以肯定。

「您沒有與他人交往過，那是要跟誰結婚啊？」

「我不知道。」

「呃、咦？」

彼方回答得含糊不清，讓一輝實在摸不著頭緒。不過——

（該不會——）

他雖然早已離家，但好歹也是出身名門。

他馬上就明白彼方的言外之意。

「也就是說，**您的結婚對象是貴德原家決定的**，是這個意思嗎？」

彼方平靜地點點頭。

「這在企業界很常見。資產家之間彼此結為姻親，或是藉著婚姻，吸收年輕有為的青年企業家。我的婚姻也是其中一種。

……對象或許是東南亞的華僑，或是法國的實業家。

不過，不論結婚對象是誰，我只要結了婚，馬上就得移居丈夫的國家。直到畢業之前，我都還能待在日本，所以我想盡情享受這段自由、毫無拘束的日子。」

「原來、是這麼回事……」

「呵呵，所以我其實也很感謝黑鐵同學呢。」

「感謝……我嗎？」

「是的，今天你告訴我非常有意義的事呢。我因為家中的立場，沒辦法自由地談戀愛。但是，我也是個女孩子，所以我很想知道，與他人相戀是什麼樣的感覺。託黑鐵同學的福……我已經清楚了解到，戀愛有多麼幸福、多麼美好。」

「…………」

一輝見到彼方爽朗的微笑，一時說不出話來。

他因為自己的成長歷程，心中浮現了一個疑問。

她是否是因為被『家』束縛住，才無法隨心所欲地過活？

因為……結婚可是人生的大事。

竟然只因為家中的一句話，就決定了她的終生大事……

（…………）

他和彼方還算不上熟稔。

說是朋友……他們之間的交情未免也太淺。

自己或許不應該多嘴干涉這種事。

不過——

「……貴德原學姊不會覺得難過嗎？」

一輝看她雙眼發亮，興沖沖地聽著自己和史黛菈之間的事，便忍不住在意起她的心情。

她是否為了家族，犧牲了自己的幸福？

「你是說，難過嗎…………話雖然這麼說……」

彼方正要開口回答的剎那——

劈里——！

一輝兩人站在走廊上。而教室面向走廊方向的窗戶，突然發出尖銳的聲響，劃開數條裂縫。

◆◇◆◇◆

「「——!?!?」」

玻璃原本映照著夜晚的黑暗，此時上頭突然出現了細長的白線。

白線現在轉瞬之間，延伸至玻璃四周的邊緣——

接著面向走廊的所有玻璃瞬間彈飛。

「危險！」

「呀啊！」

銳利的玻璃碎片，化為霰彈，迎面飛來。

一輝以優越的反射神經，立刻採取迴避。

他護住彼方，兩人撲倒在地板上，躲開了玻璃碎片。

「好險……您沒事吧!?」

一輝等玻璃碎片飛過，這才撐起上半身，這麼詢問彼方。

「啊，是，謝謝你。」

幸虧一輝快速反應過來，彼方毫髮無傷，不過——

「不、不過，那個，能請你、先移開手嗎……」

彼方雙頰泛紅，一輝則是順著她的視線往下望去。

一輝突然伸出的右手，正由下往上壓著她豐滿的胸部。

「哦哇啊啊啊！」

當他認知到這個事實，手掌上那股異常柔軟的觸感，瞬間直衝腦門。

一輝慌張地放開手，開口辯解：

「對、對不起！這個、我不是故意的！」

「呵呵，沒關係，我知道你不是故意的。」

不過也多虧一輝平時的品行。

他不需要多作解釋，彼方就明白，剛才只是意外一場。

「我會幫你瞞著史黛菈同學的。」

「……**非常**感謝您的善解人意……」

「不過——看來愉快的試膽大會已經結束了呢。」

彼方望著玻璃四散的窗框，有些遺憾地低語道。

窗戶不可能莫名其妙自己碎掉。

影片裡那段騷靈現象的犯人，就在這間教室裡。

「隨我前行——弗蘭西斯卡（Francesca）。」

彼方站起身，顯現出自己的固有靈裝。

她的靈裝是一把「刺劍」，劍刃輕薄透亮，有如精美的玻璃藝術品。

彼方右手持劍，水平橫舉在胸前。

緊接著，左手掌靠在刀尖上——刺入。

但是〈弗蘭西斯卡〉的刀刃過於脆弱，刺進彼方的掌心之前，便已化為碎塵，飛舞在夜晚的空氣之中，明滅閃爍。

這就是〈腥紅淑女〉的戰鬥架勢。

她曾與〈雷切〉共赴「徵召」，多次來回於生死之境。而現在她一改方才妙齡少女般的口氣，語氣凜然地對一輝說道。

「我會負責支援。能麻煩你負責衝鋒嗎？」

「……了解！」

彼方的射程範圍是中距離～近距離。

而一輝的攻擊範圍只有近距離，讓一輝負責突襲，確實是正確的判斷。

他毫無怨言。

「來吧——〈陰鐵〉！」

一輝強而有力地回應之後，手握自身靈裝，從碎裂的窗戶跳進教室中。

教室內的景象，和那段影片裡的光景一模一樣。

椅子、桌子、打掃用具——

教室內的所有物品自行在空中飛舞、盤旋。

而這副混亂的中心……站著一道嬌小的黑影。

黑影從頭到腳蓋著疑似窗簾的白色布匹，無法確認樣貌。

但是疑似頭部的部分有一道缺口。一對粲然閃爍的眼珠子，從那道縫隙中直盯著一輝。

那對眼球——正是影片最後拍攝到的眼瞳。

（——就是那傢伙……！）

「束手就擒吧！現在投降的話，我不會動粗——」

一輝勸降的話語還未結束，入侵者便操縱盤旋在空中的桌椅等物品，全數扔向一輝。

眼前盡是飛來的備品。

看來對方不會乖乖投降。

「……既然如此！」

一輝使勁蹬地，飛奔向前。

他面對有如槍林彈雨般飛來的桌椅，卻不見他作出任何防備。

為什麼——

她會負責支援。彼方是這麼說的，所以——

朝著一輝襲來的一切殺意，絕對不可能傷到他。

疑似以念力操縱、發射而出的桌椅，數量超過兩位數。

一切攻擊都在接觸到一輝的前一刻，化為粉塵，飛散在空中。

那是彼方的力量——〈星塵之劍〉。

她的伐刀絕技，能自由操縱那些散布在空氣之中，小至肉眼無法辨識的無數刀刃。

現在那些刀刃正停滯在一輝周遭的空氣之中，同時進行激烈的迴旋運動。

彷彿透明的**鑽岩機**。

那些刀刃伴隨數以億計的斬擊，將所有攻擊一輝的物體斬個粉碎。

「————!?」

入侵者見狀，渾身盡是藏不住的慌張。

入侵者嚇得全身顫抖，立刻轉身就跑。

它異常靈巧地衝向對側——也就是面向校園的窗戶。

但是這裡是校舍的三樓。

就算是伐刀者，就這樣跳出去，也不可能毫髮無傷。

——它是慌張過頭，自取滅亡嗎？

並非如此。

披著布的入侵者衝出夜空，卻不是來個自由落體，而是緩緩浮了起來。

是念力。

它將引發騷靈現象的能力用在自己身上，使身軀漂浮了起來。

（糟了！他打算逃向空中！）

要是讓它飛到空中逃走，就很難再捉住它。

但假如一輝硬是追著他跳出窗外，自取滅亡的人就變成自己了。

一輝無可奈何，正打算停下腳步——

「黑鐵同學！別停！**請直接追上去！**」

「！」

假設一輝直接跳出窗戶追出去，可能會直接摔下樓。

彼方應該也很清楚。

但是她還是要一輝追上去。

她的呼喚聲，蘊含著強烈的自信與意志。

——既然如此。

（我就相信您吧！）

一輝聽從她的催促，放棄減速，毫不猶豫地追著入侵者跳出窗戶，踏上空無一物的高空之中。

緊接著，他的腳下傳來踏上硬物的觸感。

（這是……）

仔細一看，他的腳下組成了透明的地板，正散發著朦朧的光芒。

一輝根本不需要確認，那是〈星塵之劍〉的集合體。

一輝踩著地板，再次向前、往上一跳。

而他每走一步，他的腳邊便組成了刀刃的階梯，引導一輝走上夜空。

（真厲害。她觀察對方的動作，瞬間判斷了位置嗎？）

她精準的判斷力，使她注意戰況變化，搭配自己的籌碼，在每一個瞬間判斷出最理想的選擇。

同時她絕佳的觀察能力，能看穿一輝的身體能力與步伐大小，在最適當的時機與間隔製作出台階。

她不愧是破軍學園校內排行第二，絕非等閒之輩。

一輝佩服彼方的本事，一邊憑藉她的能力奔上天空，追逐入侵者。

入侵者見到一輝從空中追了過來，不禁瞪大雙眼，同時立刻使用念力，打算驅趕一輝。

不過——

「豈能讓你得逞！」

它或許是沒想到一輝甚至能追著他飛上天空。

它下的判斷慢了一拍。

入侵者還來不及以念力施放衝擊波(Psycho Wave)，一輝便將手上的〈陰鐵〉擲向入侵者。

漆黑刀尖朝著眼前逼近。

入侵者不得不以念力擊落刀尖，浪費了攻擊機會。

「哈啊啊啊！」

一輝正是瞄準它擊落刀尖的瞬間。

一輝卯足全力，踏上彼方準備好的刀之台階。這股力道之猛，彷彿要踏碎台階一般，同時加速，直衝天際。

並且從下突擊，狠狠擊中入侵者的要害。

「抓到你了！」

入侵者直接昏厥。一輝馬上連同它身上的窗簾一起壓制住雙手。

然後徹底拘束住對方，絕不讓它有機會逃走。
不過，他們身處於高空中，而且是遠比校舍頂樓還要高上許多。
他們距離地面，大約有五十公尺高。
一輝如果就這樣以雙手捉住入侵者——可沒辦法護住要害。
但是一輝能肯定，自己沒有必要採取守勢。
他的夥伴可是相當機伶。
一輝能放心全權交給她輔助。
就在此時——
「〈星塵斬風〉(Diamond Storm)。」
彼方操縱數億的刀刃，削去一輝背部下方的地面，化為粉塵，同時在原地迴旋。
粉塵變成粉狀的空氣軟墊，接住了一輝。
「…………不愧是學姊。」
一輝感嘆對方優秀的技術，同時望向自己手中的入侵者。
入侵者毫無動靜，那一擊似乎讓它完全昏厥了。
——不過它的尺寸還真小。
該不會是幼小的孩童？
一輝抱持著疑惑，掀開入侵者身上的窗簾。
緊接著——

「——————呃、咦咦咦咦咦咦咦咦咦咦咦!?!?」

犯人的真面目實在出乎意料，一輝頓時高聲驚呼。

◆◇◆◇◆

一輝捕獲**騷靈現象的犯人**後，便將牠關在籠子裡。史黛菈見到牠的模樣，不由得驚呼出聲。

「咦咦!?犯、犯人……原來是**猴子**啊!?」

沒錯，正如她所言，犯人並非人類，而是野生的猴子。

「可是猴子竟然……應該說竟然有動物會使用伐刀絕技嗎？」

「雖然動物出現的機率遠比人類來得低，但是並非毫無案例呢。」

刀華回答了史黛菈的質疑。

伐刀者的魔力，是一種**將自身意志投射在這個世界上**的力量。

一個人的魔力，同時代表他能為這個世界的歷史，帶來多少影響。

但是留名於歷史的生物，並非只有人類。

人類之外的生物，偶爾也會出現擁有魔力的〈特異個體〉。

「現在的學界的主流論調大多認為，那些與古時英雄共赴戰場的戰馬，或是與英雄戰鬥過，留下傳說的靈獸、神獸，可能都是擁有魔力的動物。」

「喔喔，我都不知道呢……不過還真是擾人……咦？奇怪？」

史黛菈望著籠裡安分下來的猴子，赫然發現牠的後腳包著繃帶。

「這孩子受傷了啊？」

「嗯，我抓到牠的時候就有傷了。」

一輝回答道。

他一開始也沒注意到猴子的傷。等到抓到後仔細一瞧，才發覺猴子的後腳上，有一道很深的咬傷。

「牠大概是因為擁有特別的力量，被族群驅逐了吧。仔細觀察就會發現，牠還相當年輕。牠會單獨在這種地方徘徊……可能就是這麼回事吧。」

「這孩子也是想盡辦法保護自己呢。」

牠就宛如一隻醜小鴨。

野生動物比起人類的社會，更加厭惡異於群體的個體。

牠至今只出現在夜晚，可能是因為害怕人類，躲藏在某處。

事實上，當一輝捉住猴子，細心為牠包紮、餵過食物之後，猴子便像隻寵物似的，完全安分下來。

史黛菈聽完一輝與彼方的推測，頓時懊惱地皺起眉頭。

牠讓史黛菈嚇個半死，史黛菈可能也想稍微報復一下。

不過——

「既然有這樣的內情，我就特別原諒你一次。我可是很寬宏大量的，要好好感謝我啊。」

史黛菈聽完猴子的遭遇，也不想報復了。她沒有這麼陰險。

她的手指穿過籠子，打算戳戳猴子的額頭。

接著——

「吱吱。」

猴子小小的手抓住史黛菈纖細的指尖，彷彿在握手似的。

「好、好可愛……」

泡沫淡淡一瞥眼前令人莞爾的景象，卻一臉嚴肅地問向刀華：

「刀華，如果這傢伙只是單純破壞物品，倒還能找藉口蒙混。但牠襲擊學弟和彼方了，對吧？我聽說〈特異個體〉如果侵害人類……我們有義務將之處以**人道毀滅**。」

「……嗯。〈聯盟〉內部的每個國家，都擁有這樣的共通義務。」

「什麼！不、不能這麼做！牠未免太可憐了！」

史黛菈聽了兩人的對話，頓時臉色發青。

但這個問題早已解決了。

一輝明白狀況，便開口解釋：

「史黛菈，沒問題的。貴德原學姊已經處理好了。」

「什麼意思？」

「貴德原財團經營的組織之中，有專門保護〈特異個體〉的機構。我們捕獲這孩子之後，馬上就聯絡了那個機構，他們不久之後就會派人來接走牠……但我們原本是不能保護侵害過人類的〈特異個體〉——」

幸虧兩人都沒有受傷。

那麼，只要拿出貴德原的名號，對方應該能睜一隻眼閉一隻眼。彼方這麼解釋著。

「是、是這樣啊……太好了。」

史黛菈聞言，便放下心了。

「不過彼方學姊的家裡真厲害呢。不但經營刀華學姊他們住過的育幼院，還進行這樣的動保活動。」

史黛菈佩服地向一輝說道，似乎在徵求一輝的認同。

一輝聞言——

「……是啊。」

他點了點頭……同時回想起方才和彼方之間的對話。

他們捉住這隻猴子之後。

彼方馬上使用學生手冊，聯絡家中，為這隻猴子尋求庇護。

『——是。那就麻煩您處理了。是，非常感謝您。打擾您了。』

『狀況如何？』

一輝詢問交涉結果，彼方則是回以頷首。

『沒問題，父親會直接接洽對方，這孩子最後一定會有個好結果的。』

『那就太好了。好歹是我自己親手捉住的，要是馬上處以人道毀滅，我會良心不安的。』

猴子現在待在一輝懷中，失去意識。一輝這麼說完，輕輕撫摸猴子的頭部。

『……不過真是厲害呢。貴德原家竟然還經營〈特異個體〉的庇護機構。』

〈特異個體〉雖然能力有強有弱，但都算是非常危險的生物。

一般的設施、設備，是很難拘束住這些生物。

若要保護牠們，必須要有廣大的土地，以及堅固的設備。

甚至還需要騎士的力量，以便在有任何萬一的時候，鎮壓這些生物。

而這每一樣都需要花費鉅額經費。

所以慣例而言，〈特異個體〉一律處以人道毀滅。

畢竟就連國家政府，也很難撥出如此高額的費用。

所以一輝更是訝異。貴德原財團竟然會經營這種設施。

不過對彼方來說，「貴德原」會投注財力在這種慈善事業上，似乎相當理所當然。

因為——

『呵呵。我們「貴德原家」是源自於法國大革命以前，某個歷史悠久的原貴族。我們家族接受貴族義務（noblesse oblige）的教誨，代代皆以其為家訓，伴隨血統流傳至今。』

富者應以富濟貧。

——但是，話說得容易，願意實際行動的人卻不多。

貴德原家歷經改名易姓，改朝換代，離鄉背井，仍舊持續以實際行動執行貴族義務。在貴族之中，也是少數派。

即使有些不分是非的人們辱罵他們，冠以「偽善」之名，他們依舊不改作風，延續了數個世代。

彼方對於這樣的家族，相當引以為傲。

所以——

『黑鐵同學方才這麼問過我呢。我只為家族締結婚姻，是否覺得難過。』

她剛才因為遭襲，來不及回答一輝的問題。而她給出了這樣的答案：

「的確，我如果說自己沒有在忍耐，其實是騙人的呢。我當然也想隨心所欲地與他人相戀。可能的話，我也想就這樣留在日本，以一名騎士的身分，和刀華他們一起生活下去。但是，比起自己的意願，我更尊敬自己的曾祖父、祖父，以及父親代代相傳下來的貴德原之魂。

這個世界上，有很多問題只能用金錢解決。有的幼童父母雙亡，有的甚至遭到親人拋棄。我們需要金錢，來經營收容他們的設施；而有些生物則是和這孩子一樣，牠們生來就擁有異能，但牠們必非自願。我們必須花上龐大的費用，才能為這些小生命準備一個像樣的家。只憑我個人的能力，是不可能承擔得起這些費用。但『貴德原家』卻做得到，也擁有意志去執行這些義舉。那麼對我來說，為了守護他們奉獻一生，並非是一種**犧牲**。」

因為這樣的生存之道，比起成為一名騎士，她能幫助到更多的人們。

彼方對於自己選擇的道路，毫不迷惘。她的心中，甚至不存在一絲猶豫。

『這就是「貴德原」──同時，也是我──貴德原彼方的騎士道。』

她的語氣彷彿響徹夜晚的清脆鈴聲，是那樣的優美，強而有力。

一輝聞言，便明白了。

自己的關心是多餘的，只是多管閒事。

而同時，他也理解了彼方的強大。

「…………她真的，是個很偉大的人。」

一輝凝視著彼方，回想起不久前發生的事。

而他的視線之中，蘊含著顯而易見的尊敬。

他尊敬彼方，尊敬她生而為人的強大。

但是，他失算了。

「哎呀哎呀哎呀～？學弟真是的，竟然那麼熱情地凝視彼方，怎麼回事……啊！不會吧？你們該不會發生了什麼不能跟史黛菈說的事——」

現在現場有個人非常喜歡捕風捉影，更喜歡把事情鬧大。

一輝理所當然地高聲抗議。不過——

「什麼……！御祓副會長，你、你你你你在說什麼啊！我怎麼可能有——啊。」

他辯解到一半，突然語塞。

他仔細一想，的確是有這麼回事。

不能跟史黛菈說的事。

那就是……他們之前犯下的罪狀。他們在廁所前面狠狠嚇了史黛菈和刀華兩人。

「你為————————什麼突然說不出話啊～？」

一輝莫名其妙說不出話。史黛菈理所當然地皺起眉頭，逼近一輝。

她的髮絲一邊散布著赤紅的燐光。

這代表她的情緒非常激動。

「啊，不、不是啦。史黛菈，妳應該大大誤解剛才的話了。」

現在只能說實話了。一輝這麼心想——

「……貴德原學姊，我可以告訴她那件事吧!?」

他徵詢主犯的意見。

彼方望著一輝求救般的眼神，溫和地微笑：

「噓——那件事可是我們兩人的小祕密呢♪」

她以食指輕觸脣邊，要求一輝保密。

甚至還附帶一句耐人尋味的發言。

「什……！」

彼方湛藍的雙瞳中，閃爍著狡詐嗜虐的光輝。一輝見狀，頓時察覺自己的失誤。

（她、她現在玩得可開心了啊…………！）

考量到她原本的性格，一輝不能和她商量，應該直接跟史黛菈坦白才對。

但等他察覺這點，事情為時已晚。

「一～～～～～～輝～～～～～～…………」

史黛菈的右手上已經顯現出〈妃龍罪劍（Lævateinn）〉。

她的雙眼中早已完全失去冷靜，徒留高昂的激動。

事已至此，一輝只能做一件事。

「對、對不起啦！」

他只能四處逃竄，直到她冷靜下來為止。

「啊，他跑了。」

「給我等一下——！你們到底有什麼祕密啊————!?」

「我說！我會說啦！總之妳先冷靜點，把劍收起來——！」

「你要我怎麼冷靜啊————————!!!!」

之後，校內開始流傳起一個傳聞。校內出現一名女幽靈，她拖著大型刀劍，正在四處徘徊。而這又是另外一段故事了。

「要是珠雫知道這場小鬧劇，肯定會很不甘心呢。」

「說不定事實出乎意料，珠雫可能也很怕鬼喔。」

「不知道呢……我們自己也來辦一次試膽大會如何？」

「到時候一定要叫上我啊！」

「順帶一提，人家有點在意一件事。人家不知道學校裡出現騷靈現象，壁報也沒有刊出類似的事呢。加加美也不知道嗎？」

「啊，那件事？我當然知道囉。可是理事長阻止我報出來。」

「哎呀，是嗎？」

「嗯。理事長其實很早以前就已經發現，事件是〈特異個體〉搞的鬼，所以她才會和貴德原學姊商量。她身為理事長，實在沒辦法無視法規嘛。」

「呵呵，拐彎抹角的溫柔，很像是理事長的作風呢。」

「就是說呢。

好了，上一段插曲就聊到這裡，我們趕快進入下一段故事吧！

史黛菈敗給〈烈風劍帝〉後，獨自接受西京老師的特訓。而第五段插曲，就發生在這個時候。

本篇從未述說這段空白的時間。

史黛菈當時究竟在做些什麼呢？現在這個祕密即將公開！

那麼，故事開始！」

第五話

史黛菈難眠的一夜

© Won

再過一週，七星劍武祭即將開始。而就在這一天——

破軍學園負責管理的奧多摩集訓場內，出現了史黛菈·法米利昂的身影。

現在這段時間，本來應該是用來放鬆、備戰。

而她現在會出現在集訓場，是因為她敗給〈烈風劍帝〉之後，察覺自己如果保持現狀，是不可能從七星劍武祭中存活下來，於是拜託臨時講師——〈夜叉姬〉西京寧音為她展開特訓。

「哈!·哈啊!」

史黛菈穿過樹叢，奔馳在深邃森林之間。

她追趕的對象，就在前方三十公尺處。只見西京身上朱紅和服的身影，在視野之中忽隱忽現。

「呦、嘿!」

西京在細嫩的枝葉之間跳來飛去，身姿輕巧地穿梭在森林之中，逐漸前進。

史黛菈見到對方那宛如猩猩般的身手，內心不禁焦躁起來。

『假如妳能好好擊中妾身一次，就算不錯了吧。』

西京在特訓開始前，曾經這麼說道。

史黛菈一開始以為對方在小看她。

的確，她的對手是現任ＫＯＫ(King Of Lnights)選手·世界排行第三名。

她很強，那是理所當然的。但是史黛菈同樣身為Ａ級騎士。

她不可能連一擊都無法命中——史黛菈一開始是這麼想的。

但是，事與願違。

她已經追著西京整整半天，連西京的衣角都沒碰到。

現在更是被西京敏捷的行動遠遠甩在後頭。

這樣下去沒完沒了。

於是史黛菈改變進攻方式。

她將魔力注入手上的〈妃龍罪劍〉——

「〈妃龍大顎(Dragon Fang)〉————!!!」

施放出巨大的龍型火焰。

這一招在史黛菈擁有的伐刀絕技之中，以高速、高機動性著稱，同時還具有追蹤性能。

「哈哈，真行。」

炎龍之牙咬碎了樹木、草叢，朝著目標急速逼近。就連西京也甩不開炎龍的追逐。

但是無法甩開，並不等於捉到西京。

西京一察覺自己的速度敗給炎龍，立刻在半空中輕輕一旋，彷彿陀螺般地轉向身後——

在轉身的同時，朝著炎龍逐漸的血盆大口來一記側迴旋踢。

西京的能力——重力凝聚在這一腳上，一擊炸碎了炎龍。

炎龍與魔力衝撞，產生爆風。西京利用這股衝擊彈飛身軀，越過高聳的樹林，大大拉開與史黛菈之間的距離。

——這下史黛菈失算大了？

並非如此。

史黛菈當然不認為只靠一發〈妃龍大顎〉，就能捉住西京。

「喲！」

西京將〈妃龍大顎〉當作支點，高高躍起。不過她馬上就察覺史黛菈真正的意圖。

自己乘著爆風飛去，而眼前的目的地——

那不是森林，而是林中的巨大湖泊。

「慘了，被她誘導過來啦。」

她可能會就這樣摔進湖中，無處可退。

西京推測，史黛菈應該就是瞄準這點。

不過——西京可不會如她所願。

西京立刻在自己的腳底形成重力力場。

她並未沉入湖中，而是降落在水面上，滑行般地奔走著。

西京的雙腳並未停歇。

不過——這就夠了。

對方是重力術士，本來就不可能沉進湖裡。這還在史黛菈的預料之內。

史黛菈將西京逼進湖中，並不是想讓她沉入水中，奪走她的行動力——

而是為了從自己前進的道路上，掃除所有樹木、草叢等等的障礙物！

「我就在這裡捉住妳！」

西京抵達湖泊後一秒左右。

史黛菈直接穿越森林，抵達湖泊後，毫不猶豫地跳向湖面。

在降落水面的同時，發動能力。

她瞬間蒸發腳下的水分，以噴發的水蒸氣為立足點，奔馳於湖面之上。

「嘿欸，使用力量的方式還挺靈活的嘛～」

說到在障礙物眾多的森林之中玩鬼抓人，西京身姿嬌小輕盈，她當然會占上風。

但是論速度，史黛菈絕對在她之上。

要是兩人在毫無障礙物的湖面上進行追逐戰，西京絕對沒有勝算。

史黛菈一口氣縮短與西京的距離。接著——

「哈啊！」

史黛菈一邊奔跑，同時發射四發炎彈。

炎彈落在西京前後左右的四方水面，引發巨大水柱，同時阻卻西京的視野與行動——

「呀啊啊啊啊啊啊!!!!」

奮力一斬！史黛菈大喝一聲，同時將正中央的西京連同水柱一起劈開。

水柱擋住了西京的視線，她看不見史黛菈的行動，無處可躲。

本應是如此，但是——

（沒有、手感………！）

她只感受到劈開水柱的觸感。

肌肉富含彈性的觸感、骨頭堅硬的聲響，什麼都沒有。

待水柱退去之後，史黛菈頓時渾身戰慄。

「不、不見了!?」

西京的身影原本應該在那個位置上。

現在卻消失無蹤。

她究竟在哪裡？

史黛菈急忙移動目光，找尋目標。此時她的後頸處——

「哎呀呀？妳在找誰啊～？」

「———！」

西京略帶嘲諷的聲音，從她的身後傳來。

史黛菈連忙轉過身一看，西京就在那裡。

西京腳踩天狗木屐，站在史黛菈揮過的劍上。

「先是奪去對手的行動力與視野，在敵人措手不及之時趁勝追擊。判斷力還不錯，不、過、呢——史黛菈的劍招裡有個**決定性的缺陷**。」

「缺、缺陷…………!?」

「沒錯。」

西京一邊點頭，手一邊緩緩伸向史黛菈的臉。

史黛菈聽見對方指出**自己的劍招有所不足**，過度訝異導致全身僵住，來不及反應——

「啊咕！」

西京彈了史黛菈的額頭。這一彈，卻強烈地彷彿被子彈打中似的。

下一秒，史黛菈的身體猶如一塊小石子，彈跳在水面上，最後撞上對岸。

「…………唔！」

衝擊震撼腦部，背部遭受猛烈的撞擊。史黛菈痛得悶哼出聲。

此時的她甚至無法起身。而面對這樣的史黛菈——

「爆掉吧，巨乳!!!!」

（糟糕——…………！）

西京背對著太陽高高躍起，並且施展最後一擊。

這一記飛踢附上了重力加速、加重，直接命中在地上動彈不得的史黛菈。

一時之間彷彿山崩似的，巨響震耳欲聾，沙塵四起。而史黛菈的身體已經深深埋入地面。

不過——

「唔…………！」

史黛菈的傷勢雖重，但意識勉強清醒。

因為她在最後一刻以劍身擋住了從天而降的飛踢。

「嘿欸，反射神經果然不錯嘛～」

「……妳最後是不是混了私怨啊？」

「妳在說什麼，妾身聽不懂～」

西京裝糊塗，同時跳離史黛菈身上。

於是——

「嘿咻——看妳現在這副德行，今天應該到極限了吧。也差不多日落了，第一天就這樣解散囉。」

她不再繼續追擊，直接宣告第一天特訓結束。

史黛菈則是一邊站起身，一邊抗議。

「等、等等…………！我還能繼續！」

不過西京卻淡淡地瞥了史黛菈一眼，半帶笑意地回答道：

「我看是沒辦法。現在連剛出生的湯氏瞪羚都站得比妳穩，這叫做能繼續啊，華生？」

「唔唔……」

「妾身要是繼續欺負妳，妳恐怕沒辦法自己走回去吧。妾身才不想搬妳回去，太麻煩了。」

西京說到這個地步，史黛菈也無法繼續反駁。

兩人在森林繞來繞去，已經遠離宿舍數十公里之遠。

如果算上自己從森林走回去的體力，恐怕再無餘力戰鬥了。

「那妳就努力走回去吧～掰啦。哇哈哈哈哈！」

西京一眼看穿史黛菈的餘力，中止特訓後，打算丟下史黛菈獨自回去。

但是史黛菈還有一個問題，非問她不可。

「等、等一下！至少告訴我，我的劍招裡到底少了什麼啊！」

西京要是不告訴自己，她就沒辦法整理自己的情緒。

心裡會一直躁動不安。

所以史黛菈拚了命拜託西京。不過——西京一口回絕了她。

「妾身一開始就說過啦？妾身什——麼都不會教妳，這就是陪妳特訓的條件……妳就趁著這次特別集訓的期間，重新仔細審視自己，好好思考現在的自己究竟**缺少了什麼**——如果妳連這點都看不清，〈紅蓮皇女〉也不過就這點程度罷了。」

「…………！」

西京留下辛辣的話語後，消失在樹影漸深的森林之中。

史黛菈單獨留在湖畔，聽從西京的提示，暗自思考著。不過──

「……我所欠缺的東西……」

說實話，現在的史黛菈一點頭緒也沒有。

◆◇◆◇◆

深夜時刻，此時時針也繞了整整一圈，史黛菈終於回到住宿區。

等到她洗好澡，爬行般地回到自己的房間時，時針已經來到一點。

一向精力旺盛的史黛菈，此時也顯得疲累。

她早已精疲力盡了。

史黛菈立刻鑽進被窩，打算像灘爛泥似地沉沉睡去。不過──

「睡不著……」

史黛菈在床上躺了一個小時，卻依舊無法入睡。

身體明明疲憊不堪，為什麼？

她自己其實已經察覺原因了。

那名少年的溫度，平時與自己形影不離，但是今天她卻完全沒有觸碰那股溫暖。

一到就寢時間，兩人會嬉戲般地互相輕吻對方之後，躺進被窩。不久後，上方會隱約傳來一輝細微的呼吸聲，代表戀人就在身邊。史黛菈便沉浸在幸福之中，緩緩落入夢鄉。平時史黛菈經過這樣的流程，就能一夜好眠。

但她今天卻無法執行這個例行流程。

所以現在才會沒辦法安心入睡。

「嗚嗚……」

現在明明是盛夏時節，她的胸口卻冰冷不已。她和心愛的男人才分開一天，雙唇、喉頭便十分乾渴，身心都在渴望著一輝的接觸。

——如果能至少聽聽他的聲音就好了。

史黛菈的視線突然望向枕邊，枕邊放著電子學生手冊，用來代替鬧鐘。她直盯著學生手冊不放。

這座設施雖然位於深山裡，但是多少有人出入。

這裡還收得到電波。也就是說，她有辦法打電話。

只要撥通電話，就能聽見他的聲音。

不過——史黛菈握住即將伸出的手，克制自己。

「不行！史黛菈・法米利昂，不能這麼做！」

沒錯。自己敗給〈烈風劍帝〉之後，顯得懦弱不堪。而她就是不想讓一輝繼續看到自己這副模樣，才一個人來到這裡。

今天〈夜叉姬〉連靈裝都沒用上，就單方面打得史黛菈一敗塗地。
她要是現在打電話給一輝，不知道自己會脫口說出什麼樣的喪氣話。
而且今天才第一天，她死都不想找一輝抱怨，太丟臉了。
可是她要是繼續失眠，會影響明天的訓練。既然如此——
「沒辦法，只好拿出殺手鐧了。」
史黛菈爬出被窩，伸手拿了旅行包。
從裡頭取出她口中的「殺手鐧」。
沒錯，史黛菈早就預料到，自己可能會得思鄉病——不，是「思一輝病」。
她就是算到這點——
「所以我就把一輝的床單和我自己的床單掉包了！」
這樣一來，即使她和一輝分隔兩地，也能讓一輝的味道包裹住自己，安穩入睡。
她實在太佩服自己機靈的腦袋了。
史黛菈趕緊拆下現在使用的床單，換上自己帶來的床單。
然後馬上裹住身軀，深吸一口氣——
「!?!?」
史黛菈馬上一臉訝異地從床上跳起來。
「不、不對！這不是一輝的床單！」
她拿來的床單原本是宿舍的備品。而全校學生都是使用同一種床單。

光看外表根本分不出差異，但是味道明顯不一樣。

這股香味——絕對沒錯。

這是一輝的妹妹，珠雫的床單。

「唔唔唔……沒想到會被她搶先下手……！」

這女人實在是滴水不漏。

她總有一天一定要想辦法宰了這個女人。

不過——史黛菈馬上重新露出無畏的笑容。

「不、過、呢，珠雫，不要以為妳這樣就贏了！妳漏算了一件事！」

珠雫究竟漏算了什麼？

那就是，珠雫用了自己的床單來掉包。

「妳太小看我啦！妳既然要換，就該拿艾莉絲的來換呢。如果像我喜歡一輝到這種程度，我可是能輕易從一輝親生妹妹的味道裡，實際想像出一輝的味道！」

史黛菈趕緊窩進被窩，深吸一口氣。

珠雫有如奶香一般的甜美餘香，緩緩撥弄鼻腔。

史黛菈從那股甜美香味中，萃取出近似於一輝的香氣，利用這股香氣加強自己的幻想。

幻想化為觸覺，像是自己被一輝緊緊擁住似的，填滿了史黛菈的心靈。

「…………！」

她的幻想栩栩如生，真實到自己都覺得可怕。
耳邊彷彿聽得見一輝的呼吸聲。過於鮮明的幻想，令史黛菈渾身顫抖。
「呼呼、唔呼……」
臉上盡是止不住的竊笑。
出乎意料地，感覺很不錯。
此時她發現。
仔細一想——這是她第一次這樣幻想著一輝。
幻想著喜歡的異性。
只要是墜入戀愛之中的男男女女，每個人都這麼做過。
不過史黛菈一直都和真正的一輝出雙入對。
他總是在史黛菈垂手可得之處。
雖然這很值得慶幸，但是即使真人就在身旁，還是有**不能做的事**。
因為太過害羞，而不敢拜託對方。
（不過……幻想中的一輝，什麼都願意做。既然如此——）
何不趁著這個機會，好好享受一番？
舉例來說——
如果現在脫掉衣服，裹著這條被單睡覺，會夢到多麼幸福的美夢呢——

「等……！不、不行！我怎麼能這麼不知羞恥！」

史黛菈不由得滿臉通紅，用力地搖著頭。

心臟鼓譟不已，簡直快爆炸了。

即使她只是在幻想，也有不能做的事。

她要是真的做了，**就無法挽回了**。

史黛菈能肯定。

所以她踩了煞車——但是另一方面……

——「有什麼不行呢？」心中的惡魔正甜美地呼喚著她。

反正只是妄想而已。

又不會給別人添麻煩。

（不，可是…………！）

大家有了喜歡的人，都會這麼做。只是妳沒有而已。

（可是——————！）

史黛菈徘徊在慾望與理性，苦惱不已。

踏出這一步又太過大膽，放棄又太過可惜。於是——…………

◆◇◆◇◆

「唔哇，黑眼圈好誇張。妳昨天該不會沒睡吧？」

「…………啊，是啊。」

那一晚，滿腦邪念的史黛菈最後是一夜未眠。

西京見到史黛菈滿臉疲態，便佩服地拍著史黛菈的肩膀。

「唉，我懂妳的心情啦。要是有人說自己的劍招有缺陷，妾身聽了也會睡不著啦。不過妳如果真的這麼想得這麼認真，一定能找到自己不足的地方。這只有自己去追尋，才有意義嘛。妳就加油吧。」

「……哈哈哈、嗯，我會加油……」

史黛菈死也不會說自己完全忘了這回事。

「她沒做什麼正經事呢。」

「真的，沒幹什麼正經事。」

「特訓究竟是什麼呢？」

「開頭那若有似無的伏筆，正孤單地望著我們啊。」

「不過……史黛菈不在的那段期間，人家看到珠雫總是全裸窩進被窩裡。人家一直以為她只是夏天到了，太熱才這麼做。真相竟然是…………」

「她們兩個其實感情很好吧。」

「……是啊。人家常常在想，一輝乾脆一次收下那兩個女孩，就能皆大歡喜了呢。」

「……不過以學長的個性，大概很難出現這種狀況吧。」

——好了。

漫長的壁報特別版，終於迎來最後一篇插曲囉。

壓軸的故事……是在我和艾莉絲進入破軍學園之前。

一年前，〈落第騎士〉正要進入破軍學園時發生的往事。」

「……聽說當時是小有里擔任考官呢。」

「沒錯，說得直接點，這是現在轟動全國的〈落第騎士〉——不……

這是描述〈無冕劍王〉(Another One)原點的故事。

落第騎士英雄譚・Episode 0。

請各位盡情觀賞～♪」

第零話

落第騎士英雄譚・Episode 0

© Won

學園生活第一天。

破軍學園的校舍與春假時截然不同，人聲與物品的聲響如同枝葉摩擦一般，吵雜不休。

一名少年扶著一名女性的肩膀，走在這喧囂聲之中。

少年名叫黑鐵一輝。他有著一頭樸素的黑髮，線條柔和的長相，給人一種和善的印象。

他就讀於破軍學園，現為F級騎士。而這名落第騎士，今天即將展開第二次的一年級生活。

而他扶著的妙齡女子，有著豔麗的面容與身材，富含魅力，但是眼眶底下的濃厚黑眼圈卻糟蹋了這一切。她名叫折木有里，是黑鐵一輝就讀的班級——一年一班的級任導師。

折木在導師時間的課堂上病情惡化，大量吐血。一輝在她血灑教室之後，正帶著她前往保健室。

「黑鐵同學，抱歉啊，給你添麻煩了……咳咳！咳呵！」

「沒關係，您的臉色發青啊，不用勉強自己說話。」

「這、這不算什麼啦，沒問題。輸個兩公升血就會恢復了……」

「從您輸的血得以公升計算開始，問題就大得不得了了。老師的身體明明比一般人還要差，請別太勉強自己。」

「嗚——……可是今天對各位一年級新生來說，是值得紀念的日子啊。所以老師想好好幫大家慶祝一下嘛。」

所以折木才勉強自己，裝出很開朗的模樣。

她自己最清楚，自己的身體不能亂來，但還是想幫孩子們慶祝新生活的開始。

（折木老師還是老樣子啊。）

她和以前一樣，完全沒變。

折木有里為了學生，可以若無其事地豁出一切。

一輝曾經親身體會過這點。

這是折木的溫柔，而他也尊敬著這樣的折木，所以他沒辦法太過責備她。

（算了，我也清楚老師的身體狀況，我之後就像今天一樣幫她一把就好了。）

一輝默默說服自己的同時，他們也抵達了保健室。

「來，到了喔。」

一打開保健室的房門，刺激的藥水味頓時刺穿了鼻黏膜。

「哈啊~……味道真香。我一聞到這種藥水味，就覺得很安心呢。對吧？」

「您就算徵求我的同意，我也很困擾啊……」

一輝和她不一樣。她有一半的人生都在醫院裡度過。

「保健室老師不在呢。我去叫老師來。」

「咳咳……啊、沒關係……我自己能配藥。某方面來說，老師對疾病的瞭解，可是比醫生還要專業喔。」

折木這麼說完，便走近保健室的櫃子，開始物色藥品。

「嗯——阿斯匹靈和因多美沙信，還有普達錠……啊，有硝化甘油片，真稀奇呢。太幸運了，老師好喜歡這個♪黑鐵同學要吃看看嗎？」

「……不了，謝謝。」

「這可是珍饈呢～」

折木坐在床邊，把藥錠當成零食，卡哩卡哩地嚼起來。一輝見狀，不免開始擔心她有沒有選對藥。不過本人都說沒問題了，而她的臉色似乎也慢慢好轉，應該是沒問題……一輝勉強說服自己。

「大家應該都還留在教室裡。剩下的導師時間該怎麼辦？」

「也是……已經沒有要公布的事了。可以麻煩你回去告訴大家，可以自行解散嗎？」

「好的，我會傳達給大家。折木老師請在這裡好好休息……老師什麼病都生過，身體的確算是強壯，但您終究還是病人啊。」

「咳咳、咳咳。嗯，謝謝，讓你操心了……」

折木道完謝，抬頭望著一輝的臉，淡淡一笑。

「不過……真懷念呢。入學考試的時候，你也曾經這樣扶著我的肩膀。」

「是啊，我也正好想起那個時候。」

一年前的入學考試。

兩人就是在那一天相遇。

一輝當時前往破軍學園考試。當他前往考試會場的第六訓練場，路上正好碰見折木病發倒在路邊，於是他像今天一樣上前照顧折木，扶著她的肩膀，一起走去考試會場。

「我當時真的嚇了一跳。沒想到倒在路邊的人會是主考官。」

「那時候真的很謝謝你呢。那場考試很重要，要是黑鐵同學沒有撿到我，我可能會遲到呢……不過說到嚇一跳，你我可是彼此彼此呢……不，我絕對比黑鐵同學更吃驚。畢竟**你這種學生可是空前絕後呢。除了你以外，大概不會有考生敢說出那種話。**」

折木這麼說完，瞇起了眼，似乎相當懷念當時的記憶。

「真快呢……從那之後，已經過了一年了。」

折木至今仍然記憶猶新。

她回想起那個冬天所發生的事，鮮明得像是昨天才發生似的。

她與名為黑鐵一輝的**最強劣等生**相遇，**與他一戰**。故事就發生在一年前——

伐刀者生而為人，卻擁有超越人類的能力。他們的存在，等同於社會的財產。這個社會應該要讓伐刀者盡可能地成為正式騎士。這件事甚至能視為國家的政策方針。

◆

因此騎士學校基本上是沒有考試的。

只要有伐刀者的素質，誰都可以入學。日本國內的七所騎士學校幾乎都是如此。

不過，破軍學園並非如此。

全體住宿制加上輔助金制度，學生能享有學校提供的食衣住等費用，以及學費全免等優惠。因此在學生入學之際，會挑選值得投資的伐刀者。

折木有里則是負責其中一個團體，需要從中挑選二十人左右。

「咳咳……總之，現在要請各位展現自己的能力。從叫到名字的人開始，請用自己喜歡的方式，自我推薦自己的能力。」

考生們聚集在第六訓練場內，按照折木考試開始前所說的，一一展現自己的能力。

有人以纏繞火焰的雙劍斬斷訓練用的鋼材；有人在身上附上風之力，在訓練場內飛來飛去；有人的雙手則是釋放出令人安心的香味。每個人展現出來的魔力性質、方法五花八門，但是每個人都並非凡人。

即使所有人的外表都還是稚氣未脫的孩子，他們確實是超越常人的伐刀者。

不過——

（嗯——整體來看，這群考生的能力都不太高呢。）

折木拿起散在桌面上的藥錠咀嚼，嘆了口氣。

她目前為止看到的考生，大多是E級，好一點的大概到D級。

一般的新生大多是D級或E級。

在兩百五十人的新生裡，如果有五個C級新生就算多了。

而一所學校能出一個B級新生，就稱得上是相當幸運。

破軍學園校史上，更是從未出現過A級新生。

就連在學時期升格A級的學生，也只有別名世界時鐘（World Clock）的新宮寺黑乃一個人而已。

破軍學園的入學考試將考生分為複數個團體進行。所以就算自己手上的團體一個C級新生都沒有，這種狀況也並不稀奇。

雖說是常有的事，但仍然無法拭去心中的遺憾。

折木——以及折木以外的教師們，都曾經是學生騎士。

他們相當執著於爭奪學生騎士頂點的祭典——「七星劍武祭」。

他們都深深期盼著，希望自己的母校能出現一名騎士，觸及自己從未抵達過的巔峰。

因此，假如他們能發現一顆原石，而這顆原石擁有實現他們心願的能力，那便是他們身為教師的喜悅，更是他們的期待。

不過自己負責的這些孩子，並沒有人能將之化為可能。

（有點可惜呢。只能期待其他團體了……）

不過她不能將遺憾表現在臉上。

折木將失望沉進心底，呼喚下一名考生的名字。

「那麼下一位，黑鐵一輝，請上前。」

「是。」

對方馬上出聲回應，嚴謹的嗓音頓時響徹訓練場。

他的聲音帶著武術家特有的洪亮。而折木記得這個聲音。

「啊，你是……」

樸素的黑髮，以及足以觸動女性內心、略為柔和的長相。

考試開始之前，折木在前往考試會場的途中病倒。而走上前來的少年，正是當時照顧自己，幫了自己一把的那名少年。

她聽說對方是考生，沒想到他竟然是屬於自己負責的這一群。

「剛剛真是謝謝你了。託你的福，我才趕上考試了呢。啊、對了，給你糖果當作謝禮吧。」

折木說完，往一輝的掌中送上一把藥錠。

「啊、啊哈哈，這糖果……還真有化學藥品的感覺。謝謝您……」

一輝的表情微微抽搐，但還是將「糖果」收進口袋裡。

（這孩子很好相處呢。）

折木見一輝率直地陪自己裝傻，心中升起這樣的感想，接著繼續自己的工作。

她首先看向手邊的資料，確認眼前這名少年的身家資料。

此時，折木吃了一驚。

他——黑鐵一輝的父親，名叫黑鐵嚴。而黑鐵嚴正是負責統帥日本魔法騎士的組織——國際魔法騎士聯盟日本分部的長官，稱號為〈鐵血〉。

（黑鐵——這個姓氏很少見，所以我還想說不定是——〈烈風劍帝〉竟然有弟弟啊，我都不知道呢。）

她原本以為嚴的兒子，只有就讀於武曲學園的〈烈風劍帝〉——黑鐵王馬一個人。

不、倒不如說……折木從未聽說過黑鐵嚴有兩個兒子。

不過——不管對方是誰的兒子，她身為主考官，只需要做一件事。

「那麼，請你自我推薦自己的能力，形式可自由挑選。」

折木對眼前的少年這麼說道。她對其他人也是這麼說的。

一輝對此，則是陷入短暫的沉默，彷彿在思考什麼。良久，他問了折木：

「……您說形式自由，意思就是做什麼都可以嗎？」

「嗯？嗯，做什麼都可以喔。只要能讓老師清楚見識到黑鐵身為伐刀者的價值，就可以了。」

折木點頭回應一輝，但心中卻多少有些愧疚。

因為——

（很遺憾……這孩子不會合格的。）

關於一輝的資格，折木心中早已做出結論。

折木曾經兩度站在一輝身旁。一次是方才他扶著自己肩膀的時候，另一次是現在，不過——

……從他身上感受到的魔力，太過微弱了。

如果不仔細觀察，幾乎完全感受不到他的魔力。伐刀者之中，很少有人魔力如此微弱。

若只靠魔力判斷，他的階級是最低階的F級。而且他在F級之中，甚至還算是低劣的。

就算他擁有再好的能力，頂多是E級下位。

破軍學園的合格階級是E級上位，他完全不夠格。

（他是我的恩人，感覺也相當善良，不過還是得遵守規定啊。）

「那就請讓我看看黑鐵最擅長的事，可以嗎？」

折木藏起自己的內疚，催促著一輝。一輝則是——

「那麼，折木老師。我想和您決鬥，以勝利來證明我的價值。可以這麼做嗎？」

他那雙成熟穩重的眼眸凝視著折木，口中的話卻一點都不穩重。

考試會場內的其他考生頓時譁然，開始竊竊私語。

『他、他說決鬥……那傢伙剛剛是不是說了決鬥兩個字啊!?』

『他認真的嗎!?主考官可是現役的魔法騎士耶？』

『不過他剛剛真的說了要決鬥啊。』

『是說那傢伙真的是伐刀者嗎？我根本感覺不到他的魔力。』

『不、他的確有魔力，但是超級微弱的。那種程度的魔力，竟然還想挑戰現役騎士……他是有勇無謀，還是根本是個傻蛋？』

考生們會吃驚，也在所難免。

破軍的入學考試，是由任職於校內的現役魔法騎士擔任考官。

也就是說，對方是擁有執照的專業人士。這種對手對於一名尚未成為學生騎士的伐刀者，實力差距有如天壤之別。

他光是挑戰這種對手就已經非常魯莽了，更別說他還放話要取得「勝利」，簡直是痴人說夢。

理所當然的，沒有人把他的話當一回事。

「你到底在說什麼啊！」

一旁執勤的中年警衛走出人群，憤怒地走向一輝。

他認為一輝只是隨口開考官玩笑，打算把他丟出會場。

這也難免。沒有人會對誇張的玩笑認真。

不是認為他是傻子，就是當他在胡鬧——大多只有這兩種選擇。

沒錯，除了一個人——

「警衛先生，請等一下。」

受到挑戰的折木本人除外。

「折木老師……？」

「沒問題的，請先離開。」

折木制止了警衛，重新面向一輝。

然後她看著他。他的雙眸從剛剛開始，沒有一分一毫的游移，不偏不倚地直視著自己。

（……真是慚愧呢。我遠離實戰之後，直覺變遲鈍了嗎？竟然沒有察覺他的眼神。）

折木推了推自己的頭髮，微微苦笑。

漆黑瀏海的深處，少年的雙眸寄宿著溫和的光芒。

但是仔細一瞧，眼瞳深處正閃爍著勇猛的銳志，刺眼無比，彷彿能貫穿他所注視的對手。

若要比喻，就像是精心琢磨過的刀尖。

（這孩子不只是一個溫柔的男孩呢。）

這名少年是認真的。他真心希望與自己決鬥，並且——決心獲勝。

「黑鐵，我們騎士的固有靈裝的確有一種模式，能夠不傷及對手的身體進行攻擊……可是，痛覺並不會消失喔？一旦進行比試，你絕對會痛得受不了。我們都不樂見這種狀況吧？只是展現能力而已，不需要以比試來呈現也沒關係啊？」

「要是不這麼做，我就會落選吧？」

「……！」

折木聽見一輝的這番話，臉上滿是震驚。

（我應該沒有表現在臉上……）

「您不說，我自己也很清楚。我很了解自己的資質有多麼低劣。當然……我也知道以自己的能力值，很難突破這所學校的入學標準。」

「哼嗯……既然你這麼了解，為何還來參加破軍的入學考試？」

「……這個嘛……算是家庭問題吧。我早就決定等到中學一畢業，就要進入騎士學校。不過我的父母並不贊成。所以我下定決心，捨棄了家人，我絕對不會改變我的決心。我的父母因為對外的名聲云云，仍然援助我念完中學，而他們一旦知道我的決定，恐怕會直接斷絕援助。破軍學園是住宿制，並且願意支援學生的生活支出，所以我才選擇了這裡。」

折木聽完，便理解了。原來如此，嚴隱瞞了自己有另一名兒子，或許就是出自這個原因。

黑鐵家不希望家中出了一個F級的廢物。

他們可能引以為恥。

所以，他們當然不願意支付一輝就讀騎士學校的費用。

騎士學校當然也有獎學金制度。但是提供獎學金的不是別的組織，正是國際魔法騎士聯盟日本分部——也就是在嚴的支配之下。

一輝也就不可能通過申請。

他最後只能選擇像破軍這種免除學費的學校。

但是——

「黑鐵的能力值不可能進入我們學校。」

一輝的能力根本達不到破軍設下的標準。

折木赤裸裸地揭露這個事實。

但是一輝毫不畏懼。

他甚至沒有一絲動搖——

「沒錯。所以我今天是來打破這個標準。」

——一輝的右手顯現出已出鞘的黑刀。

並且眼神滿是挑釁地說道：

「我只要贏得與主考官之間的決鬥，就能證明我的價值。應該很充分吧？」

當然充分。

包括折木在內，所有任職校內的騎士教官，都是從騎士學校畢業，擁有正式騎士資格的專業人士。而且只有D級以上的騎士，才能取得教官執照。能夠戰勝教師，就證明對方擁有D級的實力。

「騎士是最基本的戰鬥職業，透過戰鬥來毛遂自薦，應該非常合適才對。」

「……話是這麼說沒錯啦～」

「折、折木老師……！可以嗎!?這種事前所未聞哪!?」

「畢竟一開始是我們親口說出，希望考生能自由表現出自己的價值嘛……雖然沒人想過會發生這種空前絕後的狀況，但是他的話很合理。不過呢，黑鐵——可以讓我問最後一個問題嗎？」

「什麼問題？」

「你為什麼會選我當對手呢？你只要能戰鬥，也可以選其他人吧？比方說，這邊這位警衛也是魔法騎士，贏了他也能證明你的實力呢。」

「……雖然的確是這麼回事，但可能的話，我還是想和折木老師一戰。」

「那是——**因為我看起來很柔弱，比較有可能獲勝……是嗎？**」

一輝早就知道自己的身體狀況。

所以才挑戰自己嗎？

她雖然是職業騎士，同時還身兼教職，但是終究是個病懨懨的病人。所以他覺得比較容易贏過她，是這麼回事嗎？

折木這麼問著一輝。但是一輝——

「哈哈——」

他有些意外地失笑出聲——彷彿聽見什麼不好笑的玩笑似的——

「請您別裝謙虛了。我當然是因為折木老師，**您的實力比在場的每個人，甚至比所有人的實力加起來，都還要壓倒性的強大**啊。」

「————呵。」

折木聞言，剎那之間微微勾起唇角。

「「「呀啊啊啊啊啊啊啊啊啊啊啊啊啊啊啊啊啊啊啊啊!!!!!!」」」

下一秒，考試會場頓時哀號四起。

在場的數十名考生，以及負責戒備的多名警衛。

每個人都放聲慘叫，吐出肺部所有空氣，最後口吐白沫，一一倒地。

他們宛如腐朽的樹木，接二連三地癱倒在地。

突然間發生了什麼事？原因就在於——折木的左手。

她的手上不知何時握著色彩豔紅……刀身嫣紅如鮮血的軍刀。

這是折木有里的固有靈裝，同時——也是造成如此事態的原凶。

「〈染血海域〉。我的伐刀絕技，能使一定範圍內的人類強制共享我的病痛。病發的肌肉、日漸磨損的骨頭、蓄膿的內臟，將一切的病態同等地分享給對方，**強行逼迫對方陷入體能不良的狀態**。效果就如你所見。」

折木的身體遭受各式各樣的疾病侵襲，這些疾病帶來的猛烈病痛，已經到了會逼瘋人的程度。

連成人都會像個姑娘似的放聲哀號，立刻痛得失去意識。

假如維持清醒的意識去承受這股過於激烈的疼痛，可能會讓腦袋失控。

這才是正常，是理所當然的。但是——

「不過……你倒是一派輕鬆地承受這股疼痛呢，黑鐵。」

只有黑鐵一輝一個人，沒有痛得在地上打滾……不、他甚至若無其事地站在原地，凝視著折木，眼神毫無變化。

「是我自己要求一戰的。我早就做好覺悟承受痛苦。」

折木的伐刀絕技確實發揮了效果。

他感受得到痛楚。光是呼吸，肺部便痛得有如刀割。

但是——一輝臉上微微一笑，神態自若地說道：

「……不是只有您會虛張聲勢。」

「呵呵，看來我沒必要試探你呢……我見識到黑鐵的覺悟了。既然你如此堅決地要求決鬥，老師就不阻止你了。」

C級騎士──〈死亡宣告(Jolly Roger)〉折木有里，正式接受這場決鬥。

「折木老師，非常感謝您。」

一輝伴隨著話語，同時舉起〈陰鐵〉。

於是，黑鐵一輝的入學考試，正式展開。

◆

先出招的人，是折木。

折木將魔力灌注於腳底，迅如疾風，飛快衝進一輝的攻擊範圍之中。

（還沒成為學生騎士，卻敢挑戰教師。就讓我看看你的勇氣與實力是否相符！）

她在前進的同時，左手高舉赤色軍刀，奮力一劈！

赤色斬擊畫出一條弧形，但是──

「動作這麼大，不可能砍中的……！」

一輝輕輕一揮，黑色圓弧彈開了斬擊。

斬擊從正面襲來，而且沒有針對破綻，理所當然會被擋下。不過──

「我本來就沒打算擊中！」

折木本來就不認為，自己的第一擊就能擊中一輝。
因此這一擊的本意並不在攻擊。
這一擊的目的——是讓一輝揮動日本刀迎擊，藉此踏進他的懷中。
縱使他彈開了第一擊，折木早已取得更近的距離優勢。
兩人的距離，甚至觸手可及。
軍刀的攻擊範圍遠比日本刀短。而這個距離，正是軍刀的攻擊範圍！
軍刀自然會比陰鐵更快回歸原位——
「————哼！」
「唔！」
三連擊。赤紅斬光來回翻轉，接二連三襲向一輝。
一輝以陰鐵為盾，勉強撐過斬擊，但是防禦的速度漸漸追不上折木的攻擊。
這是當然的。日本刀基本上需要雙手持刀，屬於中距離武器。
然而對手的軍刀是單手劍。一旦讓她縮短距離，日本刀便追不上軍刀的回歸速度。
再加上，折木相當擅長使刀。
她不會以全身力氣胡亂揮刀，不會做出不像樣的動作。
她巧妙地扭轉手腕，就像指揮家揮動指揮棒一樣，疾而不滯地揮灑著赤紅劍光。
軍刀刀尖的比重較重。而從她的動作就能看出，她相當熟悉軍刀的刀法。

「——！真厲害呢。騎士學校的教師果然都會鍛鍊劍術嗎？」

「謝謝你的稱讚。不過我並不是當了教師，才學習揮劍。還是有很多人身為教師，卻不懂如何使用自己的靈裝。我只是比較特立獨行而已。」

對伐刀者來說，鑽研劍術並非必要，反而比較接近興趣。

因為伐刀者真正的價值，是在於「超越人類智慧的異能之力」。

不論一個人的劍術多麼卓越，終究只是普通人使用的技術。

劍術在能夠引發超常現象的異能面前，形同手無寸鐵。

學習劍術，頂多是在面對異能實力相當的對手時，能站上些許優勢。劍術就只有這點程度。

一般而言，劍術的成本效益非常差，所以很少有騎士會主動接觸劍術。

與其浪費時間做這些無用的修練，不如拿來研究如何拓展自己的能力，還來得有意義。

「我沒有這麼了不起。我也是把劍術當作精神修練的一環，接觸之後產生興趣，才繼續深入鑽研罷了。」

折木這麼答道。另一方面，一輝的行動卻令折木有些出乎意料。

（說實話，我還以為他的劍術造詣應該再好一點，甚至能與我抗衡才是。）

畢竟他自覺自己的能力不足，依舊對上位騎士下挑戰書。

折木當然會認為他為了彌補實力差距，應該隱藏著什麼招數，才會這麼有自信。

這類型的年輕人，大部分都相當擅長體術或劍術。

只要比常人更加鑽研劍術或體術，就能使之成為自己的力量，彌補伐刀者之間的位階差距。

……**有很多年輕伐刀者，都是因此不願放棄那有如泡影般的夢想**。

折木以為一輝也是其中之一。

（可是他看起來實在不像學過劍的人。）

一輝舉劍的架式看不出任何流派的形式。

他身上感覺不出任何武術氣息。

只是純粹仰賴反射神經抵擋折木的攻擊，就只有這樣。

他身處於〈染血海域〉創造出來的結界，承受著劇痛，仍然能維持高度的體能與反射神經，這點確實值得讚賞……但是他的實力遠遠不足以挑戰主考官，竟然還敢口出狂言。折木因此有些失望。

（既然知道自己的資質比人差，就更應該努力鑽研能做到的事啊！）

「怎麼了？光是逃跑，可沒辦法取得勝績啊！還是說因為太痛了，你只能到處逃跑呢!?」

折木出言挑釁，但是一輝依舊堅持防守，不，只能繼續防守。

一輝光是描繪圓弧，一一擋下血紅斬光，就已經耗盡全力。

那麼——他只剩下發動能力一途。

他只能使用伐刀者的能力，想辦法打破現狀。除此之外，他已經無計可施了。

折木暗自預料，一輝此時可能會發動自己的伐刀絕技——

（我才不會乖乖等著你使用能力……!?）

鏗鏘一聲！伴隨著特別響亮的金屬敲擊聲，一輝居於守勢的漆黑刀刃突然停滯於空中。

理由很簡單，因為折木改變斬擊的力道。

她原本只以手腕使力，施以**輕斬**，現在改為迴旋下半身的**劈擊**。

風雲突變。折木施加預料之上的打擊力道，擊潰一輝的防禦陣勢。

折木絕不會錯過這個破綻！

赤色刀刃以迅雷不及掩耳之速，瞄準一輝的首級而去，準備終結這場勝負。

這是以〈幻想型態〉為主的模擬戰，只要砍中頸部，一擊就能崩解對方的意識。

一輝什麼都做不了，在他展現任何實力之前，考試就會結束。

（沒辦法呢。這場勝負是考試，同時也是決鬥。）

置身於戰場之人，假如放過狙殺對手的機會，只稱得上是次等人物，而折木絕非次等。

提出決鬥的人，正是一輝本人。

所以折木絕不手下留情，毫不猶豫。

一輝還來不及毛遂自薦，這一擊就會殘忍地結束一輝的入學考試——

——然而一輝卻微微後仰，輕而易舉躲過這一擊。

「……咦!?」

訝異使得折木的動作停滯了剎那。

是因為對方躲過了決勝一擊——不。

只要反射神經夠優秀，要躲過這一擊絕非難事。

原因在於一輝閃躲的轉瞬之間。當時他臉上露出的表情，令折木的背脊、思考頓時僵硬。

他不但不驚訝對方趁虛而入，臉上也不帶一絲焦急，完全不像是突然憑著反射神經閃過刀尖。

沒錯，他彷彿只是**輕輕**閃過路上伸出的樹枝，動作相當自然——

「如我所想——您果然會在這時候改變攻擊模式。」

「!?你的話是什麼意思？難不成你知道我會主動出招決勝負嗎？」

「是，因為我知道您差不多覺得不耐煩了。不好意思，讓您這麼急躁。不過對我來說，這場戰既是決鬥，也是考試……而要展現我的專長，必須花上一點時間。」

一輝這麼說完，將雙手上的陰鐵改以單手持刀，擺出架式。

而他的架式……和折木一模一樣，是鏡中的影像——

「不過，已經夠了。我已經完全記下老師的劍術了。」

一輝說出這番難以想像的話語。而這次，輪到他主動揮刀。

只憑慣用手持刀，以手腕的彈力為主揮刀。他使用的劍術，的確是折木的劍術，不過——

「你的確是學得很像，不過你未免太天真了，竟然把模仿當作專長！這不過是在耍猴戲罷了！」

如同揮動指揮棒一般，以手腕靈活揮劍。這是配合折木的靈裝（軍刀）創造出來的劍術。而日本刀的攻擊範圍比軍刀來得遠，所以沒辦法活用這套劍術的特性。

因此他的做法只會使劍術劣化。劣化後的劍術，不可能贏過折木。

所以折木並不採取守勢。

她揮動赤紅斬擊，迎擊襲來的漆黑斬擊。

刀劍鏗鏘作響，火花四散。不過兩人的抗衡並未持續太久。

一旦進入互砍階段，回歸速度較快的軍刀必然會占上風。這是肯定的。

理應如此，但是——

「我追不上他的速度……!?」

折木立刻察覺異狀。

不論回歸或出招的速度，應該都是自己占優勢。

但是——她完全追不上一輝的刀。

（不、不只如此……我被他壓制住了！）

「為什麼……」

「折木老師誤會了一件事。」

「誤會……!?」

「沒錯。我現在使用的劍術，的確近似於折木老師的劍術，但是嚴格說來，這兩者完全不同。這是我即興創作出來的劍術，不但將折木老師的劍術進化至更高的階段，同時又能適應陰鐵。所以我才能勝過您。」

（這、這孩子究竟在說什麼!?）

「你、你說進化……！哪有你說得那麼簡單!?你我才交手短短數分鐘，你就能偷走我的劍術，還將之進化——」

不可能辦得到。

折木果斷地說道。一輝則是困擾地笑了笑：

「……所以我才會說，這就是我的專長。

因為沒有人願意教我劍術，所以我從小就一直偷看別人的修行內容。

而我在偷看的過程中，不知不覺地學會了一件事。我只要看著一個人使劍三分鐘，大概就能了解存在於那個劍術流派中的所有技巧。同時還包括該流派進化至今的歷史、其中存有的缺點，全都看得一清二楚。只要明白到這個程度，要將劍術昇華並非難事。

所以我並沒有學會特定的劍術或形式，因為當場**創作出必勝的即興劍術**，還比較可行。

……不過說到底，這只是邪門歪道，沒什麼好自傲的。」

「〜〜〜〜〜！」

一輝若無其事地告知自己劍術中的祕密。折木聞言，只能啞口無言。

她方才看著一輝的站姿，覺得他渾身都是破綻。

因為他的站姿之中，並沒有足以稱為「劍術」的形式。

不過她誤會了。

一輝的劍術確實沒有固定的形式，但那是因為他不需要形式。

劍術的形式，只是通往武術真理的途徑。因此，已悟得真理之人，不需要形式。

因為堅持唯一的形式，本身就不合理！

（太誇張了……！他竟然如此年輕就抵達這般境界……！）

就折木所知，現今能達到如此境界的劍士，大概只有〈鬥神〉南鄉寅次郎一人。

所以眼前的年輕男孩，讓她打從心底感到戰慄。

於是——

「哈啊！」

伴隨一聲大喝，漆黑斬擊終於擊退、彈開了赤色刀刃。

緊接著，便是陰鐵的一斬。

這一擊，必中必殺。不論防禦、迴避，皆是猝不及防。

折木防不住這一擊。

揮出這劍的人，劍術已經遠遠超出折木的想像，她根本無法抵抗。

刀刃傾斜一斬，深深撕裂折木的身體。

這是模擬戰，所以不會出血。

就算被〈幻想型態〉的靈裝砍傷，傷者身上也不會出現物理傷害。

削去的體力只會化為血色紅光——〈血光〉，揮灑而逝。

但是損傷依舊存在。

斬傷引發真實的疼痛，而直接削去體力後，也會感受到明顯的疲勞。

因此，勝負已定。

折木這次的損傷，足夠為這場勝負畫下終點。

沒錯——**不過那是一般劍士對決的狀況**。

「咕、啊啊啊!?!?」

在這剎那，發出哀號、單膝跪地的人……是一輝。

◆

一輝彈開折木的軍刀，斜斬擊中她的一剎那，身體突然痛得有如焰火焚身。

他明明沒有遭受任何攻擊。

（這、是……發生什麼事了!?）

預料之外的狀況使得一輝不禁跪倒在地，腦袋一片混亂。

但是折木手上的軍刀隨即往一輝的頸部揮去，打斷了他的思考。

「！」

這次他無法閃得像剛才那麼俐落。

一輝憑藉反射神經，全身向後退一大步，逃過了赤紅斬擊。

「哦？你還是躲得過剛才這擊啊……這下恐怕連交叉距離的攻擊都不會命中呢。」

折木遺憾地嘆了口氣。

斜斬在她身上畫下一道紅色光痕。

那是一輝的斬擊所留下的痕跡。

陰鐵直接削去折木的生命力，因此留下的餘光。

一輝望著那道刀痕，突然察覺一件事。

（那道刀痕……和我感覺到痛楚的地方一模一樣……啊啊、是這麼回事啊。）

「我太大意了。〈染血海域〉……不只能共享病況，戰鬥中的負傷也能一併共享啊……」

「非常好，正確答案。」

沒錯，她的〈染血海域〉就連戰鬥中的負傷，也能強制與敵人共享。

也就是說，一輝施加在折木身上的攻擊，**勢必造成兩敗俱傷**。

（……這能力比我想像得還要麻煩。這下沒辦法輕易攻擊了……）

「不過，你也沒辦法一直畏畏縮縮的……是嗎？」

「請別自然而然地看穿我的想法啊。」

「我當然能看穿呢……看你額頭上的汗就知道了。」

如同折木所言，一輝的額上滲出光滑的汗水。

「打從比賽一開始，黑鐵就一直身處於〈染血海域〉的影響之下，共享我身上所有的病痛。對我來說，這些病痛自兒時開始，一直伴隨著我很長一段時間……這些病痛甚至可說是我的一部分，所以我多少能忍受。不過黑鐵和我不一樣，你的虛張聲勢差不多也到極限了吧？」

折木的說法正中紅心。

原本這股劇痛，甚至能讓成年人直接昏倒。

再怎麼咬牙死撐，也有個極限。

而一輝確實感受到了。他的極限，近在咫尺。

「我承認，如果只論劍術，黑鐵已經獲勝了。不過……我們不是劍士，而是伐刀者。我們能操縱超常能力，是超越人類智慧的存在。只靠劍術，是不可能贏得了我們。所以……來吧，差不多該讓我見識一下，黑鐵身為伐刀者的尊嚴——伐刀絕技……還是說，你打算和我比看看誰比較能忍痛？」

「怎麼可能……和老師比忍痛，我是一點勝算也沒有。」

在折木身上使用拖延戰術，根本是愚蠢至極。

就算是一輝，他也不認為自己和折木比忍痛，有辦法贏過她。

但是，如果貿然上前，他也沒有勝算。

在折木的伐刀絕技之下，一輝的所有攻擊都會造成雙方的損傷。

要是隨便攻擊，只會重蹈覆轍。

若想擊敗折木，**就不能讓她對痛楚有任何防備。這一擊必須完全超出她的預料，同時又必須造成一擊必殺的損傷**。

他辦得到嗎？

（……辦得到。）

黑鐵一輝擁有達成這個目的的手段。

所以——一輝下定決心。

「————」

他閉上雙眼，腦中浮現出自己的全身。

將意識延伸至從毛髮尖端到指尖，甚至是滲透腦髓的每一塊角落，從構築臟器的每一個細胞當中汲取力量。

一輝渾身頓時燃起蒼藍焰火。

那是濃密到肉眼可識的魔力光芒。

將自己擁有的所有力量，濃縮至短短一分鐘內，一滴不剩地耗盡，以求轉瞬之間爆發性的戰鬥力。如此不顧生死、集中運用魔力的方式，正是黑鐵一輝為了以自己拙劣的力量力抗眾多強敵，因此所編織出來的伐刀絕技——〈一刀修羅〉。

而這一招一旦發動，便會持續到一輝耗盡所有魔力為止，連一輝自己都無法停止。敵人只要撐過這一分鐘，一輝便會耗盡戰鬥的力氣。所以——

「折木老師，我要上了……我將以我的最弱（最強），證明我的價值！」

他出聲鼓舞自己，朝著折木直奔而去。

◆

折木見到一輝身上的蒼藍之焰，倒抽了一口氣。

（……他使用魔力的方法，實在太亂來了！）

現在一輝身上的魔力，明顯超越折木方才感受到的魔力總量。

這就代表著……一輝強行從靈魂深處，拉出了原本**不該觸碰的力量**。

在下一刻，賭上自己的全部。

話說得容易，但實際上卻幾乎不可能實行。

生物本來就會為自己留下最低限度的餘力，這是理所當然的生存機制。

但是黑鐵一輝連那最低限度的餘力，都將之轉化為攻擊。

他究竟是身懷多麼強悍的意志與覺悟，才能辦到這種事？

他已經超越折木的理解範圍，遠遠超乎她的想像。

不過折木能夠肯定一件事。那就是——

（**不論如何，我都必須在這裡擊潰這個孩子！**）

這名少年使用能力的方式，竟然如此胡來。她不能放著他不管。

一輝確實很強。

折木今天見到的其他考生完全比不上他。他的強，完全是脫離常軌。

但是，還是不夠。

這世界上還存在著怪物。即使一輝損耗靈魂，耗盡全力，也無法傷及怪物一根寒毛。

倘若他持續行走於騎士之道，必定會與之碰頭。

他會以半吊子的強悍，對上那群怪物。

……但即使一輝面對如此高牆，仍舊不會放棄吧。

折木明白這點。她今天和一輝交手之後，已經深深了解他這個人了。
他不論歷盡千辛萬苦，遍體鱗傷，依舊會繼續堅信自己的價值。
他不會放棄，一次、又一次、無數次地挑戰那道高牆。
就如同他現在的行為，**燃燒著自己的生命**。
然後……他的身心、他所擁有的一切，會漸漸耗盡。
折木在這個瞬間，確實見到了那一幕。
一輝總有一天會遭遇到無法跨越的高牆，因此絕望。
她……無法忍受。
折木身為教師的尊嚴，絕不會眼睜睜看著一輝走上絕路。
大人應該引導孩子。
有時候，大人縱使要強行拉住孩子、絆倒孩子，也有義務阻止孩子走上錯誤的未來。所以──
（這場決鬥，我絕對不能輸！）
於是，〈死亡宣告〉折木有里終於認真起來了。
她並不是以主考官的身分，而是賭上自己身為教師的堅持，貫徹身為騎士的尊嚴，迎擊眼前身披蒼藍焰火的年輕獅子。
一輝逼近的速度，遠遠超越剛才的他。
他宛如撕裂風阻似的，疾速奔馳。一般的騎士幾乎無法以肉眼追上他的神速。

只有折木追上了他的速度。

她和一輝一樣，也是**現場無人能敵**的強者。

她在剎那之間跟上一輝的速度，左手握持軍刀，由外側揮向迎面而來的一輝，準備一刀劈開他的身軀。

她揮刀的時機非常完美。一輝速度如此驚人，根本來不及煞車。

當他踏入攻擊距離的瞬間，軍刀刀刃便會重重砍進他的軀體。這是無法避免的必然。事實上，軍刀的赤色刀身確實砍進了一輝的側腹。

但在這一剎那，折木眼前的一輝突然宛如雲霧一般，逐漸消失。

「!?」

折木無法理解眼前發生的事，震驚地瞪大雙眼。

視野中的一輝，稍稍遠離了她原本預料的位置。

她計算錯時機了？

不，並非如此。

折木迎擊的時機完美無缺。

而她唯一的錯誤……便是搞錯她攻擊的對象。那是一輝製作出來的**殘影**。

藉由加壓，使步伐產生極端的緩急，在**衝刺中的己身前方**製作出殘影，誘使敵人揮空。

一輝的劍術雖然沒有一定形式，他卻仍然擁有自己的原創劍術。而這就是其中一項——

第四祕劍——〈蜃氣狼〉。

折木失手朝著幻象揮刀。

她在真正的一輝衝進攻擊範圍之前就揮空，現在毫無防備。

而一輝絕不會錯過這個機會。

折木的刀停滯在空中。此時他以右手揮動陰鐵，朝向折木全力一斬！

折木已經無法迴避或抵擋攻擊。比試即將分出勝負。

不過——這是到目前為止而已。

（還沒完！）

折木決心在這場戰鬥賭上自己的自尊。

她身為教師，絕不會眼睜睜看著孩子邁向破滅之道。

所以她不會就這樣結束。

——她不能輸！

「!?」

瞬息之間的攻防中，一輝突然屏息。

因為他眼前的折木採取了意想不到的行動。

她繼續揮動落空的軍刀——

毫不猶豫斬斷自己的右手。

緊接而來的劇痛，令折木痛苦不已。

〈幻想型態〉的靈裝並不會真的斬飛手臂，但是斷腕同等的損傷貫穿了折木的腦髓。

而這股痛楚以及手臂缺損的事實，將會藉由〈染血海域〉襲向一輝！

因此在這一瞬間，一輝的右手突然失去所有力量，正要揮下的陰鐵從右手中**滑落**。

雙方賭上全力，頃刻之間的交錯。

論掌握勝機，還是折木技高一籌，

她一開始就不認為自己的反擊會順利擊中一輝。

當然了。考量到敵我的實力差距，折木的攻擊根本不可能命中。

他一定會設下圈套，避開自己的反擊。

折木堅信自己的判斷，以自己揮空為前提，構築了接下來的攻防策略。

以揮空的劍斬斷自己的手臂，以便奪取一輝的武器。

——一輝是無法預料她的戰略。

即使是使用〈幻想型態〉，仍然會感受到貨真價實的痛楚。

切斷手臂帶來的劇痛，就連折木也難以忍受。

誰會設下這樣的作戰計畫，給自己帶來不必要的痛苦？

而且——還是為了相識不久的少年。他只是個外人而已。

但是……折木沒有絲毫的遲疑。

她為了守護自己想保護的事物，不顧自身地奮戰。

因為對折木來說，學生等同於自己的孩子。

豈有母親不去守護自己的孩子？

因此，她毫不遲疑地斬斷自己的右臂，從一輝手中奪走了陰鐵。

為了守護他的未來。

（對不起……！但是——這場勝負，我贏定了！）

一輝失去武器，破綻百出。不要說攻擊，他甚至不可能防禦。

而他的這一擊耗盡了一切，空蕩蕩的右手，甚至無法停下揮刀的動作。

折木斬斷了右手後，反轉刀刃，揮向一輝。這次將會真正劈砍一輝的身軀——

一斬——

赤紅光芒代替鮮血，飛散在空中。

身體迸發〈血光〉，跪倒在訓練場的潔白地面上的……**卻是折木**。

◆

「…………嗄？」

發生了什麼事？

為什麼揮刀的自己倒下了，而手無寸鐵的一輝卻依舊站立在原地？

而且——為什麼一輝會俯視著自己，左手還**握著自己的軍刀**？

不過，她的錯亂也只是短短一瞬間。

折木仍然記得，在那有如火花一般的倏瞬之間，究竟發生了什麼事。

折木即將決出勝負的剎那，一輝藉由〈一刀修羅〉，驅使手指的力道與手腕的彈力，硬是從折木左手搶下軍刀，反手斬向折木。全程甚至不到零點幾秒。

折木知道一輝使用的技巧。

這個奧義是以赤手空拳闖入敵方的攻擊範圍，奪走對手的刀劍，反手斬殺對方。

「……柳生的空手奪白刃……你竟然、還有這種、招數……」

「以前我曾經看過一次柳生的影像，當時就記下了這一招，並且自行改良。我也沒想到竟然有機會用上這一招。」

一輝解釋道。他的額上依舊浮現汗珠，但是雙腳卻穩穩地踏在地面上。

在折木身上造成致命傷的那一擊，同時也共享到他身上。但是他撐過去了。

另一方面，折木已經到了極限。

一輝的攻擊完全是出其不意，在意料之外的時機斬斷了她的身體與思考。

自己恐怕只能再維持一會兒意識。

自己輸了。折木理解了這個事實後，趁著失去意識之前，開口說出自己該說的話。

「……毫無疑問，你合格了。恭喜你，黑鐵。」

「謝謝您。」

「不過最後我還想說些話。你願意聽嗎？」

「是什麼呢？」

「你現在還來得及放棄騎士之道，你願意嗎？」

一輝聞言，頓時僵住了臉。

「……意思是、我不合格，是嗎？」

「不，我並不是以主考官的身分，而是個人的心願。老師覺得啊、年輕的孩子……有夢想，願意盡全力達成夢想，是非常好的事。身為教師，我也很想為你加油。因為，你即使無法達成夢想，卻有為某種事物付出一切的經驗，這一定會成為那個孩子的財產。可是……黑鐵卻不是這樣。你的強不符合你的才能，原本你是無法抵達這樣的高度，可是你卻成功獲得這樣的強大，這真的非常危險。不在本來應該受挫的時候受挫，持續置身於超出能力極限的領域，你就是如此勉強自己……實際上，黑鐵剛剛在使用伐刀絕技的時候……**你的使用方法並不正常，對吧**？」

一輝聞言，便困擾地露出苦笑。因為折木指出的部分，的確是事實。

「露餡了啊……」

一輝身為伐刀者的能力，本來只會停留在「消耗魔力，將體能強化至兩倍」。

但是一輝強制集中所有魔力，將強化率提高到「數十倍」。

他甚至接觸了生物原本**不該使用的力量**。

「但是這種使用方法等同於減壽。你要是繼續這麼做……總有一天會發生無法挽回的狀況。所以我身為教師……並不希望你踏進這所學校的校門。如果是你……如果黑鐵能在**現在這一刻**認真面對一切，想必在其他領域也會有所成就。你不需要縮減自己的壽命，只為了行走在自己最不擅長的領域當中。所以——我希望你能重新考慮要不要入學。」

她身為騎士，卻做出這種要求，實在非常丟臉。

自己已經輸掉決鬥，卻還想滿足自己的願望。

但是折木還是不得不說。

眼前的年輕人，勇敢且剽悍。她不希望見到他走上毀滅的那一刻。

「……我任意妄為地主動挑起這場勝負，您卻這麼為我擔心。真的很謝謝您。」

一輝能夠理解折木的溫柔。

他當然能明白，她寧願拋棄自己的自尊，也想盡力守護自己。

但是——

「即使如此，我還是想成為騎士。」

一輝肯定地答道。

折木聞言，則是闔上雙眼。

折木也認為……一輝一定會這麼說。

他了解自己的心情，露出愧疚的神情，卻還是決心貫徹自己的意志。

（連委屈求全也沒用啊……這麼有男子氣概，真是令人受不了。）

「這條路，真的是困難重重呢……」

「我知道。我有十足的理由，讓我在這條修羅之路賭上性命。而且……我並不想浪費一生在垂手可得的夢想上。對我來說，夢想應該要高到需要抬頭仰望，才稱得上是夢想。」

一輝的雙眸之中，沒有絲毫迷惘。折木望著那雙清澈的光芒，這才明白自己誤會了他。

他……並不是孩子。

而是一名懂得以劍開拓自己的人生，已經長大成人的騎士——

◆

「……那我差不多該回教室去了。」
折木躺在保健室的病床上，回想著一年前的往事。此時一輝這麼告訴她。
折木聽見他的聲音，便放棄繼續回憶當年。
「啊、嗯。就麻煩你轉告大家，讓他們自行解散。」
她再次叮嚀一輝傳達留言，然後目送一輝離去的背影。
他的背影，依舊挺拔剽悍。
折木望著那副背影，默默心想。
在那之後，就如同折木的擔憂……一輝遭遇了挫折。不、他遭遇挫折的理由，比折木的憂慮還要來得殘酷。
他的老家——黑鐵家介入，以不當手法導致他留級。
這和他的實力毫無關聯，完全不合情理。
但是，一輝經歷了種種不盡人情的遭遇……他的背影依舊挺拔。
他總是挺起胸膛，筆直注視著前方。那對雙眸中的光芒，沒有絲毫陰霾。
所以——折木開口叫住那副背影的主人：
「黑鐵同學。」
「是？」

「我至今依舊認為，黑鐵同學不應該走上騎士之道。」

「……老師……」

「所以，黑鐵同學，你要以你的最弱，證明我的預想是錯的。」

她不再阻止他了。

他不是孩子。而是一名勇猛的騎士。他了解自己，了解世界之後，依然選擇挑戰這條修羅之道。

所以折木不以教師的身分，而是以一位朋友的身分，推了一輝一把。

一輝聽見這句話（聲援），震驚地眨了眨眼——

「當然，我就打算這麼做。」

接著他強而有力地點點頭，離開了保健室。

輕盈的腳步聲演奏清脆的節奏，漸漸遠去。

折木聽著這段節奏——

「男孩……要加油啊。」

緩緩闔上雙眼，漸漸沉入夢鄉。

「……原來如此啊。難怪一輝和小有里意外的親密，原來還發生過這種事呢。」

「嗯。學長一直都稱呼小有里為『折木老師』，除了學長本來就相當有禮，應該也是因為學長打從心底尊敬小有里吧。」

「不過小有里突然間就釋放範圍型的伐刀絕技，這還真是前所未聞哪。」

「聽說之後引發了大問題呢。」

「這也難怪……被捲入的考生根本是遭受無妄之災呢。」

「……好了，總計六篇插曲，不知道各位是否喜歡呢？

破軍學園壁報特別號，就到此告一個段落了。

不過七星劍武祭才剛剛開始。

請各位繼續支持學長、史黛菈或是珠雫！

那麼各位，我們就在下次的壁報再見囉！拜拜！」

後記

我究竟何時才能在後記提到貓的趣事呢？
非常感謝各位購買落第騎士英雄譚第零集。
我是到現在還沒養貓的作者，海空陸。

從年尾到現在，我自己和父母都忙得不得了，還沒時間迎接新的家人。不過最近父母那邊稍微平穩下來了，他們和徵求中途之家的動保設施代表三個人聊過天，終於開始有動作了。

這間動保設施雖然在徵求中途，做事卻很嚴謹。他們會先來觀察家中環境是否適合養貓，然後還有試用期，讓貓咪和家人生活一陣子之後，看看是否融入。結束所有步驟之後，才能成為中途之家。

我從這些步驟就能感受到，他們真的很珍惜貓兒，讓我有點感動。

這次是落第騎士第一本……不，應該是海空至今發表的所有系列作中，第一次發售的短篇集。本篇還在七星劍武祭期間，接下來應該會是連續的戰鬥故事。身為作者，能寫寫很久沒寫的日常故事，我也感到非常開心，一邊寫還會一邊回想起：「啊，這原本應該是校園異能戰鬥故事吧。」（炸）

下一集將會照常回到本篇故事。

一輝面對能力多采多姿，別名〈萬花筒(Kaleidoscope)〉的變態畫家，是否能為史黛菈守住自己的貞操？又或者故事會因此變成薄本呢？我正在努力創作第七集的故事，各位敬請期待。

緊接著，我一定要說說這個話題！各位看到書腰應該也知道了，「落第騎士英雄譚」終於決定製作動畫了！FUUUUUUUUU!!!

我成為輕小說作家後，已經過了四年（大概吧？）終於來到這個階段了！

這些都是多虧我的編輯，他總是協助我推敲故事。

還有WON，感謝他總是畫出滿滿殺必死，超級精美的色色插圖。

以及在GANGAN ONLINE上繪製漫畫的空路小姐。

最後，還要特別感謝各位讀者！都是有你們的支持，讓這部作品甚至能出版短篇集！

真的、真的、非常感謝大家。

原作即將邁入七星劍武祭後半段。

我會盡情炒熱氣氛，故事絕對不會輸給漫畫和動畫，所以希望各位能繼續支持這部作品！那就第七集見了！

浮文字

落第騎士英雄譚 零

（原名：落第騎士の英雄譚 零）

著者／海空陸　封面插畫／W O N　譯　者／堤風
發行人／黃鎮隆　協　理／陳君平　文字校對／施亞蒨
總編輯／洪琇菁　國際版權／劉惠卿
執行編輯／曾鈺淳　美術編輯／陳又荻
企劃宣傳／邱小祐　內文排版／謝青秀
出版／城邦文化事業股份有限公司 尖端出版
台北市中山區民生東路二段一四一號十樓
電話：（○二）二五○○七六○○
傳真：（○二）二五○○二六八三
E-mail：7novels@mail2.spp.com.tw
發行／英屬蓋曼群島商家庭傳媒股份有限公司城邦分公司 尖端出版
台北市中山區民生東路二段一四一號十樓
電話：（○二）二五○○─七六○○（代表號）
傳真：（○二）二五○○─一九七九
北部經銷／祥友圖書有限公司
電話：（○二）八五一二─三八五一
傳真：（○二）八五一二─四二五五
中部經銷／高見文化行銷股份有限公司
電話：○八○○─○五五─三六五
傳真：（○二）二六六八─六二二○
雲嘉經銷／智豐圖書股份有限公司 嘉義公司
電話：（○五）二三三─三八五二
傳真：（○五）二三三─三八六三
南部經銷／智豐圖書股份有限公司 高雄公司
電話：（○七）三七三─○○七九
傳真：（○七）三七三─○○八七
一代匯集／香港九龍旺角塘尾道六十四號龍駒企業大廈十樓B&D室
電話：（八五二）二七八三─八一○二
傳真：（八五二）二七八二─一五二九
新馬經銷／城邦（馬新）出版集團Cite (M) Sdn. Bhd.
E-mail：cite@cite.com.my
大眾書局（新加坡）POPULAR（Singapore）
E-mail：feedback@popularworld.com
大眾書局（馬來西亞）POPULAR（Malaysia）
E-mail：popularmalaysia@popularworld.com
法律顧問／通律機構
台北市重慶南路二段五十九號十一樓
二○一五年十一月一版一刷
二○一六年二月一版二刷

■中文版■

郵購注意事項：
1. 填妥劃撥單資料：帳號：50003021戶名：英屬蓋曼群島商家庭傳媒(股)公司城邦分公司。2. 通信欄內註明訂購書名與冊數。3. 劃撥金額低於500元，請加附掛號郵資50元。如劃撥日起 10～14日，仍未收到書時，請洽劃撥組。劃撥專線TEL：(03) 312-4212 ・ FAX：(03) 322-4621。E-mail：marketing@spp.com.tw

國家圖書館出版品預行編目資料

落第騎士英雄譚 零 / 海空陸 著 ; 堤風譯.
一1版.一臺北市：尖端出版, 2015.11
面 ; 公分.一(浮文字)
譯自:落第騎士の英雄譚
ISBN 978-957-10-5552-7(第1冊：平裝)
ISBN 978-957-10-5650-0(第2冊：平裝)
ISBN 978-957-10-5806-1(第3冊：平裝)
ISBN 978-957-10-5839-9(第4冊：平裝)
ISBN 978-957-10-5968-6(第5冊：平裝)
ISBN 978-957-10-6044-6(第6冊：平裝)
ISBN 978-957-10-6211-2(第0冊：平裝)

861.57　　103003318